愛玩の恋愛革命

青野ちなつ

Illustration
香坂あきほ

B-PRINCE文庫

※本作品の内容はすべてフィクションです。
実在の人物・団体・事件などには一切関係ありません。

CONTENTS

愛玩の恋愛革命

「どうしてこんなとこにいるの？　信じらんない。けど嬉《うれ》しいぃ！」

「興奮するよねっ。もう、鼻筋が通っててほれぼれするぅっ。骨格が完璧！　でも、唇がちょっと大きくてセクシーなんだよねぇ。笑ったときなんか、きゅんってするの」

「あ、今笑ったよっ！　どうしよう、鳥肌立っちゃった。生で見るとテレビ以上に体格がいいしっ。身長も高くて、何だか守ってくれそう。あぁ、あの腕でお姫さま抱っこされたい～」

カフェのテーブルで背後から聞こえてくる会話に、潤《じゅん》はうんうんと何度も頷《うなず》いた。

興奮して声も大きくなっている女性たちが一心に見ているのは、カフェの外で停車する車を覗き込むような形で立ち話している男。百九十センチを超える長身にしなやかな長い手足を持ち、ナチュラルにシャギーされた黒髪は少し癖《くせ》がつけられていてセクシーだ。端整な容姿は華やかだが、談笑する今の顔はひと癖ある大人の男という感じで最高にかっこいい。

「美形なのに全っ然見飽きないよ！　ヤバい、興奮しすぎて頭がクラクラしてきた。倒れたふりして抱きつきにいっちゃダメかなぁ」

ほら、決しておれの欲目ではない。

洗いのかかった黒のジャケットに白のシャツ、ジャケットよりワントーン淡い色のスラックスをはき、春らしいピンク色のストールを巻いた泰生《たいせい》は、片手をあげる形で車を見送って歩き出した。その様は、まるでドラマのワンシーンのように決まっている。

「あ～、もう行っちゃうかな。もっと見ていたかったのに。何であんなにかっこいいんだろ！」

「本当ですよねぇ」

感情のこもった声に潤も思わず同意して、はっと気付いた。

突然しんと静まった背後を恐る恐る振り返ると、テーブルにいた三人の女性は驚いたように潤を見ていた。思ったより大人だった女性たちと目が合った瞬間、ぼんっと爆発するみたいに顔が熱くなる。手にしていたカップを置いてぎくしゃくと立ち上がり、荷物を手に歩き出す。が、動揺《どうよう》しすぎて歩く先でテーブルの角に腿《もも》を打ちつけ、大きな音を立ててしまった。

「いたたたた……」

「何やってんだ、潤？」

深みのある声で話しかけられて、潤は飛び上がりそうになった。顔を上げると、先ほどまで遠くに見ていた泰生が目の前で潤を見下ろしている。

「何だ？　もう出るのか？　まだ時間はあるしもう少しのんびりしてこうぜ」

「いえ、あのっ、ここは出ましょう！　ごめんなさいっ。出たいですっ」

潤は泰生の腕に抱きつく勢いで引っ張って外へと誘導する。瞬間、それまで潤が座っていたテーブル辺りから驚愕《きょうがく》と歓喜の喚声《かんせい》が上がった。店中を巻き込むような悲鳴である。

「あれか。ッチ、仕方ねぇな」

「いえ、その……それです」

今の一連の出来事を潤は説明が出来なくて、結局は大きくまとめてしまった。

「どうすっかな。まだ空港に行くには早すぎるし」

潤から荷物を取り上げて歩き出す泰生に、潤は反省してついていく。

失敗したなぁ。

久しぶりに泰生と少しのんびり出来るからと、気持ちが浮ついてはしゃいでしまった。

二月も中旬に入り、演出家・泰生が手がけるプロジェクトは佳境《かきょう》を迎えている。泰生と懇意《こんい》にしているデザイナー・八束《やつか》のブランド『Laplace《ラプラス》』の設立とショップオープンまではあとひと月ほど。忙しさはどんどん増しており、春休み中の潤は泰生のアシスタントとして一緒に飛び回る日々が続いている。加えて泰生はモデルの仕事も変わらずあるためにさらに忙しく、この後もこれから台湾《たいわん》へ飛んでパーティーの仕事が入っていた。

けれどだからこそ今、空港への見送りまでと限られてはいたが、夜以外で珍しく泰生とのプライベートな時間が取れたのだ。午前中に、作品がトラブルを起こしていると嘆《なげ》く照明アーティストと激励を兼ねた打ち合わせを済ませ、出発までのひとときを先ほどのカフェで楽しんでいたのだが、その寛《くつろ》ぎの時間を自分が台なしにしてしまった。

「だったらちょうどいい。久しぶりにデートしようぜ。見たかったショップのディスプレーが近くにあるんだ。付き合え」

潤の内心のしょんぼり具合に気付いているのかいないのか。泰生は楽しげな声を上げて、潤の腕を摑《つか》んだ。強引な泰生にこそほっとして、潤の気持ちも上向いてくる。

「さっきの、伊藤《いとう》さんの用事は大丈夫でしたか？」

先ほどカフェの外で泰生が話していた車の主は、新進気鋭のアートデザイナー・伊藤龍一《りゅういち》だ。プロジェクトでも重要な立ち位置にいる彼は、泰生と仕事の枠を超えた友人でもあるらしい。

泰生が海外へ飛ぶ前に一度見てもらいたいものがあると電話をもらい、急きょカフェまで来てもらったが、店内で話し合いをせずに泰生自ら席を立って車へ赴《おもむ》いたのは、人嫌いの気がある伊藤のためだ。人が多い場所での話し合いは伊藤が周囲を気にして面倒だからと泰生は言うが、本当は何かと神経質な友人を思いやってのことだと潤は知っている。

「ビジョンの装飾を急きょ変更したいって見せられたんだけど、何かすげぇの。笑っちまった、あいつらしくて」

「当日にブランドのPVを流すビジョンですか」

「ん、まだ試作だったけどな。今度ちゃんと八束も呼んで打ち合わせをすることにしたから、潤にはそん時に見せてやる。何だかんだ言ってたが、伊藤も自信作みたいだし」

会話を楽しみながら、泰生と通りに面したショップのウィンドーディスプレーを見て歩く。クリエイティブな仕事に触れる機会が増えたためか、ディスプレーの中にもぱっと目につくものや印象に残るものがあるのに潤は気付いていた。

「これも『魅せる』という形ですよね。泰生の演出と少し似てますね」

「あぁ。こういう小さなスペースに世界やストーリーを作るのも楽しそうだよな。まぁ、手法がまったく違うからまた違った難しさがあるんだろうけど」

春を思わせる華やかなウィンドーディスプレーを見る泰生の横顔には、子供がおもちゃ箱を覗いているようなワクワク感が宿っていた。そんな顔を見て、潤は唇がむずむずする。

泰生の美貌は、感情が乗るとさらに輝くんだよなぁ。

先ほどの女性たちの言葉ではないが、何度見ても見飽きることはない。女性たちには大変申し訳ないが、潤は今の泰生を独り占め出来る幸せを噛みしめていた。

タートルニットのセーターにジャケットという二月にしては少々薄着な格好のため、外歩きはけっこう寒いのだが、心の中はほっと温かい。潤の顔は先ほどからずっと緩《ゆる》みっぱなしだ。

「――機嫌は直ったようだな」

泰生に横目で視線をもらい、潤は戸惑って首を傾げる。

「悪くなんてなかったですよ。もともと……」

「そうか？　けど、おまえにしては珍しく見送りに行きたいって言い出しただろ。いつもはいい子で我慢して玄関先で行ってらっしゃいってやるくせに、今日に限って自分も行きたいってベタベタ離れなかったし。なぁんか、寂しがり屋の子猫が拗《す》ねたみたいになってんなぁって」

図星を指された気がして潤の顔は真っ赤に染まった。自分ではまったく気付かなかったことも恥ずかしさを助長する。

しかも一度気付いてしまうと、寂しさが心の奥底から急上昇してきた。

「それは、だって、昨日もおとといも泰生は遅かったから……」

そうか。先ほど自分にしては予想外にはしゃいでしまったのは、短期とはいえ泰生がまた留守にすることへの寂しさの裏返しだったのかもしれない。

「ったく。こんなとこで、んな顔をすんじゃねぇよ」

泰生がくしゃくしゃと潤の頭を乱暴にかき回して、そのまま抱き寄せようとする。

「あの、あのっ、泰生……」

気持ちとしては泰生に抱きついてしまいたかったが、裏通りとはいえ路上でそんなことは出来ない。恥ずかしいのもあるが、相手が有名人の泰生ゆえに、どんな騒ぎになるかわからない。もっとも、従来が奔放《ほんぽう》すぎる泰生だから、いつものことだと周囲も気にしないかもしれないが。

「おれは、大丈夫ですから」

頭に乗った大きな手をそっと外すと、泰生も意図を汲んだように小さく舌打ちをする。

「あー……だよな。んじゃ、来い。タクシーを捕まえるぞ」

潤の手を摑んだまま、泰生が足早に歩き出す。引っ張られるままに大通りへ出たところで、泰生はすぐにタクシーを止めた。

「あの、泰生？　どこへ行くんですか」

「空港だ」

泰生の返事に、潤の胸はずんと重くなった。

もう飛行機の時間だったのか。まったく気付かなかった。

これから空港へ行って海外遠征なのは最初からわかっていたが、今までの時間が楽しかっただけに反動がガツンとくる。

「こーら、だからそんな顔するなって」

タクシーの運転手に羽田《はねだ》空港の名を告げたあと、泰生はスマートフォンを耳に当てながら潤の背中から手を回して腰を抱く。ジャケットの上からではあるが泰生の手を感じて、ほんの少しだけ気持ちが落ち着いた。電話をかける泰生の声を聞きながら、潤は目を閉じる。

「あぁ、よろしく――」

幾つか電話をかけていた泰生が通話を終えたときには、間もなく空港へ着くというところまで近付いていた。出発が成田《なりた》空港であったらもう少し一緒にいられたはずなのにと名残惜しさが募《つの》る。普段であったら羽田空港の方が近くて喜ぶのだけれど。

着いたら、すぐに離れ離れだな。

そう思っていたのに、タクシーが到着した先には女性のスタッフが出迎えていて驚いた。

「お待ちしておりました、榎《えのき》さま。ご案内いたします」

女性の案内のもと、賑やかな空港ロビーを歩き出す。潤は訳がわからず、隣を歩く泰生を見上げた。泰生はしてやったりという顔で笑う。

「空港で、特別ラウンジを手配したんだ」

「特別ラウンジって、ファーストクラス専用のラウンジのことですか？　でも、おれは飛行機に乗らないから利用出来ないんじゃ……」

「そっちのラウンジじゃない。まさしくシークレットな特別ラウンジだ」

泰生は空港の広いロビーをぐるっと見回した。

「このくらいの空港には大抵《たいてい》公にされていない特別室があるんだよ。それこそちょっとした小金持ち程度じゃ存在さえ知らされない部屋でさ。そういうラウンジがあるのはおれも一応知ってたが、使ったのはアラブの王族と一緒のときだったな。そこだと見送りの人間も一緒に入れるから、今日はちょっとしたツテを使って手配したんだ。今からじゃ、大してのんびりも出来ないが」

「ありがとう……ございます」

泰生の気遣いに、潤は驚きと嬉しさで語尾が震えた。

人が行き来する賑やかなロビーから大きな扉で隔《へだ》てられた空港の奥にこんな静かな空間があったとは驚きだ。女性スタッフに案内されたのは、滑走路が臨《のぞ》める部屋だった。ラグジュアリーホテル並の内装で、応接ルームやベッドルーム、バスルームなどの他に会議室のような広いスペースまであった。ファーストクラスのラウンジ以上の、まさに秘密の特別ラウンジだ。

「潤――」

珍しくて部屋をあちこち覗き込んでいた潤を、ソファに座った泰生が呼んだ。

「抱っこしてやるから来い」

潤が恥ずかしげに泰生の隣に座ると、そこじゃないと膝《ひざ》の上に引っ張り上げられた。正面から向かい合い背中を抱かれて、まるでむずかる赤ん坊を宥《なだ》めるように優しく叩かれる。

「あんな寂しげな顔をさせたままじゃ、置いてけないだろ。おれ様を十分補充しといてやるよ。時間になるまで誰も入ってこねぇから、存分に甘えとけ。甘えた潤」

耳の下に唇を押しつけて肌をついばむようなキスをされた。優しい慰撫《いぶ》のようなキスで官能的な匂いはせず、潤はほっと体から力が抜ける。

何で今回に限ってこんなに甘えたい気持ちになるのか。寂しくて落ち込んでしまうのか。

もともと世界を股にかけて仕事をしている泰生だ。これまでだって何度も海外へ出かけたし、長期間留守にすることも珍しくない。なのに、今こんなに気持ちが騒《ざわ》ついてしまうのはなぜか。

あぁ、そうか——。

改めて考えて、ようやく理由らしきものに思いいたった。

二週間ほど前、潤の心を大きく波立たせる出来事が起きた。これまで存在しないも同然だった母の消息を突然知らされ、思いもかけない過去の事実を告げられたのだ。潤の根幹を揺るがす大事だったため、未だ精神状態に大きく影響しているらしい。

胸の前で折り曲げたままだった腕を、潤はそっと伸ばして泰生の首へと回した。

日数がすぎてもまだ気持ちの整理がつかず、母に関する出来事は潤の胸を重くふさいでいる。そんな時に泰生がいなくなるということで、気持ちが不安定になっているのだろう。いつの間にか、自分の心はすっかり泰生に倚りかかっていたようだ。いや、倚りかかりすぎたのか。

それに気付くと情けないやら恥ずかしいやら。

出来れば——おれは泰生に頼りっきりになるんじゃなくて、自分の足でしっかり立って、ともにより添えるような関係性がいいのにな。

自分より少し高い体温に温められて、心がようやく凪《な》いできた。

泰生がいない間にやることも多くあるし、寂しがっている暇はないのだから。

ゆっくり体を起こすと、泰生は潤の髪をかき上げるように撫でてくれる。その大きな手がくすぐったくて気持ちよくて、潤は顔をほころばせた。

「えっと、えへへ。ありがとうございます……」

潤が甘えただというのなら、泰生は最上の甘やかし屋だ。

自分の思いつきに、潤はすっかり楽しくなった。

こんな誰も知らない特別ラウンジを手配するのはどれほど大変だったろう。それを潤のために惜しげもなくやってくれた泰生に心から感謝したい。気持ちに報《むく》いたい。

「あぁ？　復活するの早すぎ。もっとベタベタさせろよ」

「……うん」

そんなことを言って潤を嬉しがらせてくれる泰生の黒い瞳に、自分の姿が映っているのも幸せで、でももっと大きく映したくて顔を近付けていく——と、瞳ばかりに気を取られて、鼻がぶつかってしまった。ほんの少し顔を離して、邪魔をした鼻を恨めしげに見る。

目元からすっと刷毛《はけ》で引いたように真っ直ぐ伸びた鼻筋だ。高さもちょうどよく、ノーブルでありどこか傲慢な感じもする。

見ているうちにむずむずして、潤はまた顔を近付けた。鼻梁《びりょう》の線を自らの鼻先で辿《たど》ってい
く。

「こぉら、潤」

すべすべとした感触が楽しくて、鼻先を触れ合わせたり擦《こす》ったりして遊んでいたら、くすぐったいように泰生に首を竦められた。甘い声で窘《たしな》められても、やめられるわけがない。

犬が鼻先をくっつけて甘えるように、潤も泰生の頬に鼻を擦りつけた。鼻の先を泰生の肌に触れさせたまま目頭に移動して、さらに額へ。額からまた泰生の鼻先へと戻っていく。

たまに泰生が潤の顔中に小さなキスをしてくれることがあるが、潤もそんな感覚で泰生の顔を鼻先で辿った。ときに鼻の代わりに唇でついばむ動きを加えるのも楽しい。

ゆっくりと、ゆったりと、キスをしただけなのに、しかしどうして息が上がるのか。

背中がゾクゾクして、泰生の首へ回した手もぐんと温度を上げている。

「甘えたが……」

愛おしいように見上げられて、胸が甘く疼《うず》いた。

「だったら、泰生は甘やかし屋です」

先ほど思ったことを口にすると、一瞬驚いたように目を見張った泰生は、にやりと唇を歪《ゆが》めるように笑った。

「潤限定でな」

アクの強い笑顔には、潤の胸は未だにドキドキと躍《おど》らされる。言われたことにも、心臓を貫かれた感じがして、甘い痛みに息がつまりそうになった。

「それは嬉しい…です。おれだって泰生限定で甘えたですから」

「相思相愛だな。大いに喜べ、こんなおれ様と相性ばっちりなんて光栄なことだぜ」

「……喜んでるに決まってます」

潤が恥ずかしげに視線を外すと、泰生は喉で笑う。

「さっき、カフェから逃げてきたのは泰生のファンがいたせいもあるけれど、ファンたちの話に混ざりたいと思ったからなんです。というか、つい混ざってしまったんですけど」

今の穏やかで甘い時間を楽しみたくて潤は打ち明け話をした。

「外で伊藤さんとしゃべっていた泰生のことを、女の人たちがはしゃいで話してたんです。どうしてあんなにかっこいいのかって。きゃーきゃー言ってるのが楽しそうで、おれも同じ気持ちだったし、つい彼女たちの言葉に相づちを打ってしまったんです。『本当ですよね』って」

その瞬間、泰生が小さく噴き出す。潤も照れたように、鼻先を泰生の頬にすりつけた。

「もう恥ずかしくて動揺して逃げ出したんですけど、そしたらテーブルの角に足をぶつけちゃって、もっと恥ずかしい思いをしました」

「おまえってたまにポカをやらかすよな」

それも可愛いけどと呟き、くっついた潤の頬にお返しのように泰生の唇が触れてくる。

ミーハーな女性ファンに泰生は閉口しているようだが、実は潤も一度は誰かと泰生のかっこよさを話し合ってみたかった。共感して、わいわいと騒いでみたくてしかたがない。

先ほどの女性たちは本当に楽しそうだったし、話の内容に嫌な感じもなくて、会話を聞いているだけで潤も楽しくなってしまった。うんうんと頷き、一緒に興奮して顔を赤くしたり手を取り合ったりしてはしゃいでみたかった。

そんな心理が先ほどの失敗に繋《つな》がったのだろう。

「アイドルを好きになって追いかける心理ってあんな感じなのかなって思いました。実はちょっと……楽しかったです」

「おれはアイドルかよ」

「アイドルよりかっこいいです」

潤が言うと、泰生は当然というように微笑んだ。その自信たっぷりな笑顔に、胸がきゅんとなる。もっとその顔が見たくて、泰生の顔にかかる黒髪を指先でかき分けた。

強い光を放つ黒瞳は磁力を持ち、潤の目が一瞬でも逸らされることを許さない。高いプライドを隠しもしないせいで傲岸不遜《ごうがんふそん》に見える眼差しは、少し意地悪そうで、けれど潤の大好きなところでもある。

秀でた額に自らの額を押しつけ、形のいい鼻先に潤はもう一度自らのそれを触れさせた。

「ったく、こんな潤を置いて仕事へ行って大丈夫かって心配になってくるな」

苦笑しながら、すぐ近くにある潤の唇に触れ合わせるように泰生がわずかに顎《あご》を上げてくる。

潤も呼応して、唇の先でキスをした。求めてくるキスから逃げたり、自らキスを欲して鼻を交差させてみたり、駆け引きのようなキスを繰り返す。

「なぁ、知ってるか。鼻って、あそこと比例するって言われてるんだぜ」

何度目かのキスのあと、泰生が内緒話をするように話しかけてきた。

「あそこって——…!?」

にやにや笑う泰生から揶揄《やゆ》する場所に思いいたって、潤は思わず顔を離してしまった。頬を熱くしてつい泰生の鼻に見入る。

「やらしいなぁ、潤。そんなにおれのを見て」

「え、や、だって……」

泰生の鼻は大きくも小さくもなく、どちらかと言えば高い鼻だ。それが、あそことどう比例するのか。恥ずかしさもあって、何だか頭がぐるぐるしてきた。

「潤の鼻は形はいいけどちょっと低いよな。しかも小さい。ってことは——?」

「え、え～っ」

そうか。自分が見ているということは相手にも見られていることになるのか。

そう思うと、まるで大股を開いて恥ずかしい場所を見せつけているような感じがしてきて、大慌てで鼻を隠した。顔どころか、耳まで熱くなってしまう。

「なぁ」

俯く潤に、泰生が意図を持って呼びかけてきた。濃密な色気が交じった声は、妖しくて甘い。目だけで泰生を見ると、泰生は瞳に淫靡《いんび》な熱を揺らしていた。

「何なら見せ合いっこするか?」

誘われて、体が大きく震えるほど心臓が鳴る。バクバクと速いスピードで駆け始めた心臓が口から飛び出してきそうで、鼻と同時に口も押さえていてよかったと思った。

「で…も……」

「大丈夫。まだ時間は少しあるし、それまで誰も来ねぇって」

強く突っぱねられないのは、自分も見たいせいか。

ふるふる震えて黙っていると、泰生は了承と取ったようだ。

「まずは潤からな」

潤が両手を上げたままだったため、泰生の手が潤のデニムのボタンを外していく。それを、潤は見つめるしか出来なかった。泰生の膝の上に潤が乗り上げた格好のせいか、泰生はしごくやりやすそうだ。優雅な特別ラウンジの空間に、ジッパーを下げる音が大きく響いた。

「おい、何にもしないうちから大きくしてどうすんだよ。これじゃ、比較になんねぇだろ」

「だって……」

下着の上からでもわかる股間のふくらみに、潤は恥ずかしさに泣きそうになった。今すぐにも消え入りたいと、頭を抱えて小さくなる。

「ほら、元に戻せよ。おれがふーふー冷ましてやろうか？」

「そ…んなことをしたらもっとダメになる」

「じゃ、どうしたらいいんだよ。これと——比較するんだろ？」

「あ…ぁ、あ」

泰生が下から潤の鼻に鼻先をくっつけてくる。その柔らかいしぐさにまるで愛撫された感じがして、潤は声をもらして首を竦めた。

「ったく、さらに大きくしやがって」

小さく笑って、泰生が潤を見上げてきた。

潤ばかり苛めるけれど、泰生の眼差しにも熱い情欲が宿っている。それに煽《あお》られて、自分はもっと体を熱くするけれど。

意味深長に見つめられながら、潤の下着が押し下げられた。

「ふっ……」

転び出てきた自らの欲望に、恥ずかしさが強くなる。

潤の熱はすでに頭をもたげており、強い快感を訴えていた。

「さて、どうかね。おまえの小さい鼻と比較して」

ことさら冷静な顔を作って泰生が潤の股間と鼻を見比べる。

自分では比べたこともない場所だけに、どうなのかまったくわからなかった。

自らの猛っている股間を直視することも出来なくて、ただただ泰生の顔だけを見つめる。

「ど…うですか？」

「んー？　まぁ、可愛いってとこは共通してんな」

泰生の答えに、潤は絶句した。

可愛いって。可愛いって、それって……。

「自分ではどう思う？　鏡を持ってきてやろうか」

「い、いりませんし、わかりませんっ」

頭の中でがーんがーんと大きな鐘が鳴り続けている潤は、半べそで答えた。

「こぉら、涙ぐむな。可愛いって大きさのことじゃねぇって。何ていうか、形状？　とか色とか雰囲気つぅか」

「雰囲気って何ですかっ」

「とにかく、おまえらしいって言ってんだ。悪い意味じゃない」

じっとり睨《にら》むと、恋人は苦笑してみせる。

「わーったよ。んじゃ、今度はおれのを比べればいいだろ。ほら、手伝え」

首に巻いていたストールを外しながら言われて、潤は俄然《がぜん》やる気が出た。いそいそと手を伸ばすが、グレーに近い黒のスラックスは気のせいかその部分が大きく盛り上がっている。

「えっと、え?」

「何だよ、さっきはおれが出してやったろ」

「……はい」

ベルトを外す手が震える。スラックスのボタンを外してジッパーを下ろすと、もうその形状ははっきり見えてきた。潤は顔を赤くしたまましばし凝視してしまった。

先ほどの潤と同じ状態なのに、どうして泰生はこんなに泰然《たいぜん》としていられるのか。いや、逆に潤に見られて楽しそうだ。意地悪そうな笑顔さえ浮かべている。

覚悟を決めて下着に触れると、雄々しい屹立《きつりつ》が姿を現した。

「あ……」

それを見て、自らの欲望がドクンと大きく脈動した気がする。呼吸が急に乱れて、上手く出来なくなった。そのせいで、体がさらに熱くなる。

「ハアハア言ってないで、ちゃんと比較してくれよ」

こらえきれないように笑いながら泰生が注意した。潤は慌てて泰生の鼻へと視線を上げる。火が噴くほど熱い顔を泰生に見せたくはないが、仕方がない。

先ほどの泰生の冷静な顔を思い出して、自分も何とか真似しようと試みる。

鼻と比較、鼻と比較――……。

いつしか沈黙してしまった潤を泰生が覗き込んできた。

「手で測ってもいいぜ？」

唆《そその》かす声に、潤は首を勢いよく横に振る。

「で、どうだよ？」

訊ねられ、潤は泰生を見つめ返した。困って、きゅうっと眉根にしわが寄っていく。

「わ…かりません」

「おいおい。さっきまでの意気込みはどこに行ったよ。おまえのは可愛いってのが共通してたけど、おれのはどんな共通項があるかもっと探せよ。怠慢だろ」

泰生の屹立を前にして、冷静でなどいられない。潤はどんどん早くなっていく鼓動を止めたくて胸を押さえた。何もしていないのに、潤の欲望はどんどん育っていく。

「た…泰生のはかっこよくて大好きです。共通項なんてそれしか思いつきませんっ」

最後には自分でも訳がわからなくなって、そんなことを口走っていた。

はっと気付いたとき、なぜか泰生は鳩が豆鉄砲を食ったような顔をして潤を見ていた。正気に戻った潤と目が合うと、かっと目元を赤くする。

「いやいやいや……」

言葉が思いつかないみたいに、泰生は同じ言葉を繰り返していた。そして、長い息をひとつ。顔を上げたときには、いつもの——潤が大好きな笑顔を浮かべていた。

「そうか。おれのは大好きか」

いじめっ子がいじめる相手を見つけたみたいにきらきらと目を輝かせている。

こんな泰生の笑顔にときめくなんて、おれっておかしいのかも。

自省してみるが、胸の高鳴りは止まらない。体の熱も上がりすぎて、くらくら眩暈《めまい》がした。

「んじゃ、大好きなおれのとおまえの可愛いので、一緒にやらしいことしようぜ?」

誘われて、潤は小さく頷いてしまう。潤の頭をくしゃくしゃにかき回したあと、泰生の手は潤の腰を引き寄せた。

「ほら、もっとこっち来いよ。膝を立てねぇと、くっつけないんじゃね?」

引っ張られる手に誘導されて、言われるままにソファに座る泰生の腰に自らのそれを密着させる。触れ合うふたつの熱塊に背筋がゾクゾクした。

「潤、握れよ」

エロティックな命令に、潤の手はフラフラと伸びていく。大きさの違うふたつの欲望を一緒に握ると、温度さえ違う気がした。泰生の方がさらに熱くて、腰の奥に電流が走った。ピリピリと痺れにも似た電流は、腿へ伝わると痙攣《けいれん》を引き起こしていく。

「はっ……」

「ちっちぇえ手だな……視覚的に来る」

潤の片手ではふたつを上手く握れなくて、両手を使って熱塊を包み込んだ。

官能の痺《しび》れは、欲望を握る指先からも駆け上がっていく。肘《ひじ》から肩へ、首筋を通って鼻先へ甘い吐息となって抜けていった。じんわりと生理的な涙がこみ上げてくる。

「いつまでも握ったまんまじゃ、気持ちよくなんねぇだろう?」

唆されて手を上下にゆっくり動かすと、甘い愉悦《ゆえつ》が次々にあふれ始めた。

「ん…っ、ん——…っん、ぁあ」

わななく唇からは嬌声がこぼれ落ちていた。

手が濡れてしまうのは、潤の欲望がもらす涙のせいだ。そのせいで、手を動かすたびにいや

らしい水音がするのもたまらない。

「あ、あっ、ここじゃ…っ、ソファを汚しちゃ……っぅ」

「何だよ、ベッドへ誘ってんのか？」

しっとりと官能を帯びた声で訊ねられ、潤は首を振った。その動きで、目にいっぱいにたまっていた涙のひと雫が泰生の頬へと飛んでいく。

「違……ぅ、そうじゃない…けどっ」

それを泰生が親指で拭って舌で舐め取る。味わうみたいに目を細めるその顔は、ゾクゾクするほどセクシャルなものだった。

「期待してもらって悪いが、ベッドへ行く時間はなさそうだ。つぅか、今ベッドに移るとおれの箍《たが》が外れるからマズイ。飛行機に乗り遅れるわけにはいかないからな」

そう言うと、泰生は潤の臀部《でんぶ》へと手を回した。

「ぅ…ん、あっ」

ごそごそしていたと思うと、潤のデニムのピスポケットにあったハンカチを引き出し、ふたつの熱塊の上へと被せる。そうして、潤の両手を包むように大きな手が添えられた。

「潤の下手くそなやり方じゃ、いつまでたってもいけないからな」

「ぅん…っ……あぅっ、あ、あ、あっ」

恋人の手が潤の手ごと上下に動かし始める。ゆるく強く、速く弱く。強弱をつけた動きで潤をたちまちのうちに絶頂へと導いていった。

腰の奥で生み出される電流は体中を巡り、潤の体の機能をおかしくしていく。指先は震え、腿は痙攣し、背筋はしなり、視界は霞《かす》んでぼんやりした。

「うー……腰が砕けそう」

泰生も感じてくれているのだと、荒い息をついて教えてくれる。

「ん、んっ、もっ……だ…めっ」

「っ……そうだな。でも、いくときはキスしようぜ」

泰生が手の動きを激しくする。これまで蠢《うごめ》いていた電流とは比べものにならない鋭い衝撃に、潤は何度も腰がびくついた。ソファについたつま先が引きつり、布地を滑っていく。

「ぃ……やあぁっ、あっ」

「だから、ほら、キス——」

背中を支えていた手が、潤の腕を摑んで引き寄せた。泰生の顔が傾き、誘われるように潤も唇を寄せていく。触れて、すぐに舌が滑り込んできた。ぞろりと口内を舐め回されたとき、

「ん、んぅ————…っ」

「う……っ」

感電したみたいに体中が痙攣した。遅れて、泰生の精も潤の手に弾けた。

キスが解かれて、荒々しい呼吸が特別ラウンジの空間に響き渡る。

泰生にもたれかかり身動きひとつ出来ない潤に代わって、泰生が後始末に動いてくれた。ハンカチで飛沫《ひまつ》まで拭われるが、欲望に触れる布の感触にまた熱が戻ってきそうだった。

しかし、泰生の言う通りあまり時間がないのだろう。丁寧《ていねい》に潤のデニムのジッパーまで上げてくれるのを見て、何とか活を入れて立ち上がる。

「潤、これ捨てるか?」

汚れたハンカチを見せられて、潤は真っ赤になって奪い取り、洗面所へと走り込んだ。

うー、恥ずかしい。こんな場所で盛ってしまうなんて。

「そろそろおれは行くぜ。潤はもう少しのんびりしてろ」

ジャブジャブとハンカチを洗っていると、洗面所の入り口に泰生が現れた。どうやら、空港スタッフから出発案内の連絡が入ったようだ。

「いえ、おれも行きます」

先ほどのいやらしい行為などみじんも感じさせない泰生に、自分も見習わなければと思った。だって、泰生の鼻を見るだけで何だか変な気持ちになるのだから。

「潤、ひとつネタばらしだ」

微妙に視線を外す潤に、玄関スペースへと歩きながら泰生が話し出す。

「さっきの、鼻とあそこが比例するって話、ただの都市伝説だから」

「え、えぇぇ⁉」

潤が上げた大声は、玄関ドアのすぐ裏にいたスタッフにまで聞こえたようで、その後ずいぶん恥ずかしい思いをすることになるのだった。


翌日、潤は美容室へ来ていた。

「今回は少し時間が空いたね。何、忙しかった？」

鏡の前に座る潤の背後に、美容室の店長が立つ。

潤が通っている美容室は泰生が紹介してくれた店で、業界ではずいぶん有名らしいが完全予約制のためにいつ訪れても雰囲気はのんびりしている。

常に細身のスーツを着ている店長は、片側だけを剃り上げたようなアシンメトリーな髪型で、きっと町中で会ってもひと目で見つけられるだろう。見た目のインパクトは強いけれど、意外にも人当たりはものすごく柔らかい。

「潤くんって今大学生だっけ？　あ、だったら春休み前の試験が大変だったのかな」

「はい。それもあってちょっとバタバタしていました」

人と話すことはあまり得意ではない潤だが、気さくな店長のおかげで店での居心地は悪くなかった。この店に通い始めてもう一年半以上たっていることも大きいだろう。

「そうだ思い出した、聞こうと思ってたんだ。ね、これって潤くんじゃない？」

店長が持ってきたのは分厚い雑誌だった。国内外のスナップを集めた男性ファッション誌だが、見せられたページに潤はぎょっとする。そこには泰生と八束の歩く姿が載っていたが、その背後に半分隠れるように写っていたのはサングラス姿の潤だ。

「おれ……です」

この格好には覚えがある。今年の一月、イタリアのフィレンツェで行われたピッティ・イマジネ・ウォモ――通称ピッティ・ウォモというファッション展示会へ出かけたときのものだ。

「すごいね、イタリアへ行ってたんだ？　タイセイのスナップを見て、さすがかっこいいって思ってたら、その後ろが潤くんのようだったから驚いたよ」

ピッティ・ウォモではスナップ写真が恒例だと聞いてはいたが、まさか本当に撮られていたとは思わなかった。コメントでは泰生と八束のファッションのみが褒《ほ》められていてほっとするけれど、一ページを丸々使った写真なだけにショックも大きい。潤の隣にいたはずの八束のアトリエスタッフである田島《たじま》がほとんど見えないのも、何となく納得がいかなかった。

「潤くん、顔が赤いよ。君は本当にシャイだよね、普通は雑誌に載ったら喜ぶ男子の方が多いのに。動揺させて悪かったね。さてさて今日はカットとカラー？　いつもの通りでいいのかな。ちょっと髪型に変化つけてみる？」

すぐに話題を変えてくれた店長に感謝した。おかげで何とか衝撃も収まっていく。鏡の中の自分も、もう平静だ。

「いえ、いつもの通りでいいです」

「カラーも？　これから春に向かうし、ちょっとだけ明るくしようか？　潤くんには明るい色の方が似合うと思うんだけどな」

指の細い器用そうな手が潤の髪をチェックするようにいじってくる。

店側としては毎回同じ髪型・同じ髪色をお願いする潤はあまり面白みのない客だろう。そんな潤の意識を変えるためか、店長がしてきた提案に潤はふと首を傾げる。

そういえば、どうしておれは今も黒髪に染めているんだろう。いつも、ただ何となく同じ色に染めてもらっていただけなんだけど。

鏡の中の潤は、顔立ちも雰囲気も日本人離れした顔だ。けれど髪だけは、日本人の中に溶け込めるナチュラルな黒さで、本来は栗色の髪を定期的に染めている。

もしかして、自分でも無意識のうちに方向づけしていたんだろうか。

潤の髪は、潤を生み捨てていった母と同じ色だ。

父の書斎にあった本に隠されていた母の写真を見て知ったが、そうでなくとも母を嫌った祖父母たちから幾度となく髪のことをあげつらわれていたし、そのせいで幼い頃から強制的に黒髪へと染めさせられており、母の髪色が自分と同じであることは潤も嫌という程知っていた。

ゆえに、母と同じ髪色は禁忌《きんき》だという意識が潤の心を雁字搦《がんじがら》めに縛りつけていたけれど、その呪縛《じゅばく》から解放してくれたのが二年近く前の、泰生との出会いだ。

泰生が本来の潤の髪色を「好きだ」と言ってくれたからだが、しかし以降も潤は髪を本来の色——母と同じ栗色に戻してはいない。

潤はそっと自らの髪に触れてみる。

母の存在は潤にとってトラウマには違いないけれど、実生活で気にしたことは一度もなかった。しかし、もしかして無意識下ではずっと母を否定し続けていたのだろうか。

指に巻いた黒髪を握りしめ、潤は唇を噛む。

自分の心のことなのにわからないなんておかしいな……。

「いいよ、わかった。潤くん、ごめんね。いつも通りの色にしとこうか」

店長が少し焦ったように言葉をかけてきた。あっと顔を上げると、鏡越しに目が合った店長は申し訳なさそうに眉を下げている。

あぁ……もしかして、泰生から何か聞いてるのかな。

ずいぶん前――美容室はここでとは違ったけれど――まだ潤が髪色の呪縛に囚われていたときにカラーリングのことでちょっとしたパニックを起こしたことがあった。それゆえに事前に泰生から何かしら忠告を受けていたのかもしれない。

「こちらこそすみません、ちょっと考え事をしてただけなんです。色は……やはりこれまで通りでお願いします」

「ん、わかった。じゃ、先にシャンプーをさせてもらうね」

促されるままシャンプー台へと移動しながら、潤は小さく息をつく。

何か、問題が山積みだなぁ……。

昨日、海外遠征へ行く前の泰生に心配をかけた上にあれほど甘やかしてもらったのに、またしても潤の心がどんよりと重くなっているのは、とある郵便物が届いたせいだ。泰生を見送って帰ってきたポストにあったのは、今はイギリスに住むという母からの手紙だった。

実はまだ封さえ切っていないのだが、母の筆跡だと思われる宛名を見ただけで潤の心は大きく波立ってしまっていた。

母は潤を捨てたわけではない――――。

これまで潤が認識していた身勝手な母の姿は、本当は違っていた。

古いしきたりに縛られた旧家の伝統や偏屈《へんくつ》で厳しい舅姑《きゅうこ》たちに圧せられ、精神を病んでしまったせいで母は家を飛び出した。時間をへて自らを取り戻したときにそれを深く悔やんだ母は何とか潤を引き取ろうとしたが叶わず、今でも潤をずっと求めている。

泰生の仕事の関係で日本にやってきた、ユアンというイギリス人の少年が告げたものだ。

だが、これまで祖父母たちから聞かされてきた母親の悪行がすべて嘘だったと言われても、すぐには信じられなかった。今まであまりに懇々《こんこん》と聞かされ続けたせいで、悪女のごとき母像は潤の中で揺るぎない事実に成り果てていたせいだ。母は奔放で自分勝手な女性で、格式の高い家に縛られるのを嫌い、生まれたばかりの赤子を捨てて出ていった——聞いていた話とはまったく真逆の母の姿を告げられては、混乱せずにはいられないだろう。

実はユアン自身が潤とは父親違いの弟だったのだが、ユアンの話を一緒に聞いていた潤の父が後日直接母へ連絡を取って確認し、それが真実であったことは先日教えてもらっていた。昨日、生まれて初めて母から手紙が届いたのは、そんな父の橋渡しがあったおかげだろう。いや、ユアンが何かしら動いたのかもしれない。

自分を生んだ母に繋がる末端を手にして、潤は今途方に暮れていた。

しかも動揺はしているのに、嬉しいとか悲しいとか感情の部分がぴくりとも揺り動かされないことに自分自身驚いている。いや、感情以前に未だ衝撃から立ち直れていないのか。これまで話の中だけに存在していた、潤にとっては遠い存在だった母と初めて直接関わったのだから。

引き出しにしまい込んだ真っ白い封筒のことを思い出すと、胸が異様に落ち着かない。

母からの手紙には何が書いてあるのか。仮にこれまでの謝罪が書き連ねられていたとして、それでも今みたいに心を動かされなかったらどうすればいいのか。

自分はこれほど薄情だったのかと怖くなる。

今日も手紙は読めないかもしれない。

髪の色を変えることが出来なかったことにも潤は深くため息をついた。


「わぁ、すごい並んでますよ！」

「そりゃそっすよ、八束先生が今日のためにデザインした限定Tシャツを売るんすから。うちの列の先頭にいる少年は昨日の夜から並んだって言ってたっすよ」

潤の呟きに、隣にいた田島が自慢げに青いフレームのメガネを押し上げた。

泰生が海外遠征へ出かけた週末、潤はバイトに繰り出していた。とはいっても、八束のアトリエが参加するファッションイベントでの身内扱いのアルバイトだ。

ラジオ局が主催した『学校に行けない子供たちを救おう』というプロジェクトのもと、今日は都内の各地でチャリティーイベントが開催されている。そのひとつがここ、八束など若手デザイナーたち有志からなるファッションイベントだ。

中央に設けられたステージでは、趣旨に賛同するデザイナーやモデルたちのトークショーが行われる他、モデルたちから提供された私物を使ってのチャリティーオークションも開催される予定だ。中でもイベントのメインは、今ではデザイナーとして注目を集める八束がこの時限りでスタイリストに返り咲き、人気モデルを使って行われるファッションショー。

その傍らで八束たちデザイナーが今日のために用意したTシャツをチャリティーグッズとして出すのだが、その販売が潤の仕事だった。

来月にショップオープンを控えている八束にとっては今が一番忙しい時期だろうが、チャリティーイベントの参加は前から決まっていたようで、急きょ潤にヘルプの声がかかったのだ。八束のアトリエからも若手スタッフが参加している。それが先月のイタリア行きでも同行した田島だったため、潤も気安くアルバイトを引き受けることが出来たし、泰生の許可も下りた。

「えっと、販売はおひとりさま一枚限定です。値段は四千円です。千円のお返しです……」

鬼気迫る形相で販売を今か今かと待ちわびる客たちを前に、緊張が高まってきた潤はやり取りを間違わないようにと田島から教えられた文句を繰り返す。

「潤くん、円陣を組むっすよー。販売が始まったら戦争っすからね。乗り切るためにも皆で気合を入れるっす。そっちの人も集まって！」

他のデザイナーの販売スタッフたちも集めている田島に引っ張られて、潤も訳がわからないまま隣に並んだ女の子と肩を組ませられた。田島は販売担当のリーダー役を任せられているからか、ずいぶん張り切っているようだ。皆、それぞれ自分のところで販売するTシャツを着ており、デザインは違っても基本的に同じ格好のためか、どことなく一体感があった。

「声を出していこうっす！」

「おう！」

「忙しくても笑顔で乗り切るっすよ！」

「おう！」

「敵に不足なしっす、全力で迎え撃つのみ！」

「おおーーーっ！」

微妙に違うのではというものもあったが、田島の力強い声かけに潤も皆と一緒に呼応の声を上げる。おかげで気持ちも高揚してきたし緊張もいっぺんに解けた。何より楽しくなってくる。

時間が来て押し寄せてきた人の多さに気圧されたのも一瞬、文字通り戦場となった売り場に潤はただただ販売の仕事に徹するのだった。

「いやー、あの時の潤くんは見ものだったなー。客が怒濤《どとう》の勢いで押し寄せてきたとき、完全に腰引けてたっすよね。半分逃げかけてなかったすか？」

「すみません、ちょっとびっくりして」

「しかも客に一方的にお金を押しつけられてどんどんTシャツが奪われるのを見たときは、顔が青ざめたっすよ。すわ、強奪かって！　金額を不正する客がいなくてよかったっすね」

「すみません。いろいろ手間取ったせいでお客さんの方が我慢出来なくなったらしくて」

「でも、それを後ろの客が間に入って止めてくれたのは、まさに潤くんの人徳っすよね」

「すみません、頼りなくて……」

田島はいたって上機嫌に話すのだが、会話が進めば進むほど潤はうなだれていく。

今日のファッションチャリティーイベントは無事に終了し、スタッフ一同で打ち上げへなだれ込んでいた。八束を始めとして自分より年上の人ばかりに囲まれての席に少し緊張していたが、田島の気遣いもあって場も中盤にさしかかると潤なりに楽しんでいた。

しかし、今日の販売の仕事は本当に反省しきりだ。アルバイトは一度したことがあるから大丈夫なんて思ったのがいけなかった。ウエイター業と販売業はまったくの別ものだったのだ。

しかも、行列が出来るほどの客をスピーディーにさばかなければならない今日のような販売は、要領の悪い潤にとって一番手を出してはいけないアルバイトだったのに。

「田島さん。おれ、やっぱりこのアルバイト代は受け取れません」

一度はもらったものの、田島の話を聞けば聞くほど自分の仕事ぶりが腑甲斐《ふがい》なく思えて、潤はアルバイト代が入った封筒を隣の田島へとそっと差し出す。

「何言ってんすか。潤くんがいて実際すげー助かったんすから。初めてなのにあんな大勢の客をさばいて、金額だって一円も間違えてないんすよ？　いやー、潤くんの方こそ戦力になったっすよ。おれなんか、おれなんか……」

最後、田島がしゅんとして言葉を止めた。Tシャツを完売して精算を終えたとき、田島の売り上げがちょうど千円足りなかったのだ。どうやら釣り銭か何かでミスをしたらしい。

「そ…そんなことないですよっ。田島さんの励ましがあったから、おれだって頑張れたんです。田島さんが横にいてくれると思うと心強くて、本当に助かりました！」

「はぅぅ、潤くん、いい子っすねー。惚れてしまいそうっすよ。でもそんなことしたら、泰生さんから殺されるのは確実っすけど」

これまでのしょんぼり具合が嘘みたいに、田島はケラケラと笑い出す。室内なのに坊主頭にキャップを被ったままの田島は、すっかり気持ちを持ち直したようにぐいぐいとビールのジョッキを空けている。潤もウーロン茶を口にしながら、大勢の人で賑わう席を見渡した。

酒席には何度か参加したことがあるが、こんな雑多な雰囲気は初めてだ。会場はしゃれた中華風の居酒屋で、貸し切りのためか今日のファッションイベントに参加した人たちであふれていた。モデルやデザイナーやプロデューサーといった華やかな人たちもいれば、潤たちのように地味な裏方スタッフまで。特にスタッフサイドの年齢は様々で、若手もいれば父親のような世代の人たちも多く参加して盛り上がっている。

「あー。いいなー、あの女性。すげー好みっす。既婚者っすかね、じゃなかったらいいのに」

そんな中で田島の心を射止めたのは、モデルでもデザイナーでも若手の女性スタッフでもなく、居酒屋で店員を取り仕切っているチーフの女性従業員だ。恰幅《かっぷく》がよくて少々年齢のいった女性は下手をすると自分たちの母親世代で、潤は田島の言葉を驚きの顔で聞きとめる。それは潤だけでなく、面白い話題を嗅ぎつけてか顔見知りも集まってきた。

「うわ、出たよ。田島の熟女好き」

「へぇ、噂《うわさ》には聞いてたけど本当だったんだ。ああいうおっかさんタイプがいいの？」

「田島はマザコンなんだよ。マザコン！」

今日一緒にTシャツを売っていたスタッフたちだが、他のデザイナーのアシスタントらしく年齢も近いためか田島も含めてよく皆で集まって飲んでいるらしい。

「マザコンじゃないっすよ！　そうじゃなくて、小さい頃に隣に住んでたツネ子さんが理想なんす。でっかくて明るくて温かくて、女性はああじゃないと！」

「ツネ子さんって誰だよ、知らねぇって。だいたいその女性像のどこがマザコンじゃないんだ。まんまオフクロじゃねぇの」

田島のうっとり語る理想の女性像に、向かいに座る男が顔をしかめて突っ込む。

「違うっす。おれの母親は折れそうに細くて美人だったけど、放置、虐待《ぎゃくたい》、失踪《しっそう》のオンパレードだったっすからね。あんな女が理想像になってたまるか。男を作ったら何日もほったらかし。仲を邪魔しようものなら平手は飛んでくるし、男を追いかけて失踪騒ぎは起こすし」

あっけらかんと田島が語るのは、こんな飲み会の席では少々重い話だ。向かいの男も何か苦いものでも飲んだような顔をしている。

「そんなおれのピンチを毎回救ってくれたのが、ツネ子さんなんすよ。泣くおれを抱っこしてくれたり母親を叱《しか》り飛ばしてくれたりで、ホントかっこよかったなー」

「あーはいはい。その太っ腹なオバサンは、田島をうちの子にするって母親と取っ組み合いのケンカまでしてくれたけど、最終的には田島が嫌だって断ったんだろ？　オバサンが母親になったら結婚出来なくなるからって」

「オバサン言うな。ツネ子さんだ！」

事情を知っているらしい男のフォローと微妙にずれた田島の噛みつきに、場の雰囲気もあっという間に明るいものへ変わった。潤も胸を撫で下ろす。

今は底抜けに明るい田島にも昔はいろいろあったらしい。

「あ、薬指に指輪発見！　あの人、結婚してるみたいよ」

女性スタッフの鋭い観察眼に田島が失望の悲鳴を上げ、どっとその場がわいた。

潤はテーブルに突っ伏す田島を見つめながら、母子の関係性は様々なんだなと考える。

自らの母親のことを知ったあと、潤は世間の母子という関係が何かと気になり始めていた。

今の田島しかり、酒席でもひときわ賑やかなテーブルにつく女性しかり。

潤は、先ほどから気になってならない女性へとまた視線を投げる。

「潤くん、何熱心に見てるんすか。あー、八束先生ってば見事に顔が引きつってるっすね。人気のモデルたちに今日のスケジュールを無理に空けてもらったからって、先生が接待することないのに。しかも、あれはひどいっすねー」

ゲイだと公表している八束だが見目もよくて当たりも柔らかいためか、案外女性にもてるらしい。八束の隣には今も長い髪の華やかな女性が媚《こび》を売るようにしなだれかかっていた。

「あの女性って今日のショーの……」

「今人気急上昇中のママドル、戸塚《とつか》ララっすよ。この前離婚したらしいから、新しい父親でも探してるんすかねー。もともとがモデル出身じゃないから、先生がゲイだって知らないんすよ、きっと。子供を放って何やってんのか」

珍しく田島が険のある声を出す。

今日の八束のスタイリングショーで子供と一緒に出演したのが彼女だ。女性らしいウェーブがかった茶髪に胸元が広く開いたカットソーを着たララは、この打ち上げには子供連れで参加している。酒席が始まった当初から八束の隣を陣取っているララだが、一方で子供を少しも気にとめていないのが潤は気になっていた。

三歳だという男の子は九時すぎという子供には少々遅い時間にもかかわらず、先ほどから大はしゃぎで店内を走り回っている。少し前には元気がよすぎて料理を運んでいた店員とぶつかりちょっとした騒ぎを起こしていたが、その時も母親のララは視線を投げただけで席からは一歩も動かなかった。少し薄情すぎるように見える母でも子供は慕《した》っているらしく、今も意識を引こうと懸命に横からララの服を引っ張っている。

「——おれの母親そっくり」

隣でぼそりと低い声が聞こえた。潤が眉を寄せたのはそれが聞こえたからか。それともララが「服を引っ張らないで」とばかりに子供を邪険に払ったのを見たためか。

胸の内側にすうっと冷たい風が吹くような感じがして、口を開けなくなる。

「さて、そろそろ先生も我慢の限界っすかね。ちょっと行ってくるっす」

がらりと雰囲気を変えて、田島が立ち上がった。ビール瓶を持っておどけた調子で八束とラの間に割り込んでいく田島の姿に潤は感嘆を覚えた。話しているときは同年代にさえ思えてしまうノリのいい田島だが、やはり自分より確実に大人だ。八束を救い出して別のテーブルへと移動する田島へ、潤は尊敬の眼差しを送る。と、その途中で田島の隣にいた八束と視線が合った。酔いが入った八束の目が潤を認識してきらきらと輝き出す。

「あぁ、なんてことだ。ぼくの子猫ちゃん！　今日も可愛いよ、マイラブぅ〜」

「先生っ、八束先生っ。そっちはアウトっす！　ちょっ——潤くん、逃げてっす！」

もう間もなく、宴は終わりを迎えそうだった。

酒席の終わりはいつもどうしてどこか寂しい感じがするのかな。

泰生と一緒にたまに参加するパーティーだったり大学での集まりだったり、あまり楽しめなかった食事の席でも解散するこの時は毎回名残惜しいような気がする。

店を出て皆がそれぞれの方向へ散っていくのを田島と見送りながら、潤はそんなことを考えた。潤はこの後、酔って寝てしまった八束と一緒にタクシーで送ってもらうことになっている。

「潤くん、ホンット悪かったっす。先生は酔っ払ったら誰彼構わずの抱きつき魔でキス魔のくせに、どうして潤くんがいるとピンポイントで照準を合わせてくるんすかね。先生のキスを許したなんて泰生さんに知られたら、おれボコボコにされるっすよ！　どうしよ〜っ」

「キスを許したってそんな言い方……。頭にほんのちょっとだけだったので、大丈夫です」

「そっすか？　でも最近、先生って酔うと飼ってる猫のジュンぺと潤くんの区別がつかなくなるんすよねー。今日だって潤くんの髪をワシャワシャして、毛並みがどうのって呟いてたじゃないっすか。あれ、ただの飲みすぎっすかね？　まさかもう年だってわけじゃ——」

返事に窮する話を持ちかけてくる田島に潤が眉を下げたとき、周囲が妙に騒ついていることに気付いた。見ると、先ほど少し気にしていたママドルのララが騒いでいる。

「何があったんすかね」

田島が首を伸ばしていると、店からスタッフが出てきた。

「店の中にはいなかったよ、トイレの中も見たけど。それより、いつからいないのさ」

「いつからだろ。わかんないよ。もぉあの子、いつもちょろちょろしてるから」

強ばった顔のララが爪を噛むように口元に指を当てたまま、周囲を見回している。

「いつからいなくなったのかわからないって、無責任すぎんだろっ」

「だって！　私はプロデューサーと大事な話をしてたからっ」

「フレンチが好きだのデートの約束だのが大事な話かよっ」

「まぁまぁ。今はそんなことを言ってる場合じゃないだろ。子供を探すのが先決だ」

一連の会話に、潤も田島も顔を引きつらせる。

「そうだよ！　手分けして子供を探そう。誰か、店の中をもう一度見てきて。子供は思わぬ場所に隠れたりするからね。あと外！　まずは大通りまでの道筋とそっちの路地も――」

年配の男性の指示にその場に残っていた人たちが動き出そうとしたとき、男性が指さした路地から小さな影が飛び出してきた。

「あっ。ママぁ、これもらった！」

紙に包まれた大きなコロッケを得意げに掲げるのは、探していた男の子だ。その姿にほっとしたのも束の間、ララしか目に入らない子供は突進してくるバイクにも気付かず走ってくる。

「危ないっ!!」

誰もが竦み上がる中で母親のララだけが飛び出していた。

どんどん迫ってくるバイクの光の中に子供の影がくっきりと浮かび上がり、潤はたまらず悲鳴を上げた。耳障りなブレーキ音とガシャンと大きなものが倒れる音に皆が凍りつく。

「あ、あ、無事……？」

時間にして数秒もなかっただろうが、目の前の光景が頭で理解出来るようになるまで、ひどく長く感じた。誰かの呟きに皆が動き出し、潤もつられて子供を抱きしめて倒れるララの元へ駆け寄った。ララたちの横には、避けることは叶ったが無理な動きのためにひっくり返ったバイクと投げ出された若者が座り込んでいる。

「ケガは？　どっか痛いとこない？」

「いやぁ、間一髪だったな。バイクの兄さんの方は大丈夫か？　こんな狭い道であんなスピードを出しちゃいかんだろ。でも、無事でよかった」

「見直したよ、ララちゃん。やっぱり母親だねぇ」

皆に囲まれた中で未だ座り込んだままのララは、ハイヒールは片方が脱げているしストッキングも派手に伝線していたが、気にもとめずにただ子供だけをぎゅうぎゅうと抱きしめていた。

何が何だかわからない顔をしていた子供も、やがてララにしがみついて大声で泣き始める。

すごい。お母さんっていうのは本当にすごいんだな。やっぱり親子だ。

先ほどからずっと子供を邪険にしていたのを見てどうかと思っていたが、死にもの狂いで子供を救いに走ったララに改めて母の愛を感じて、潤は感動で胸を熱くする。

「すごかったですね、田島さん。やっぱりララさんはお母さんですよ」

ララと子供のためにタクシーが呼ばれた。膝のかすり傷程度だが、念のために病院へ行くらしい。バイクを運転していた若者も大してケガはなかったようで、さっさと走り去っていく。

ララたちを乗せたタクシーをほっとして見送っていると、隣で田島が鼻を鳴らした。

「でも、あの女はすぐにまた同じことを繰り返すんすよ。誓ってもいい。明日には子供を邪魔に思い始めて、なぜあの時に抱きしめてしまったかって悔やむんだ」

田島のセリフにドキリと心臓が痛くなる。内容も衝撃的だったが、声に感情がこもりすぎていた。怒りとも悲しみとも諦めともつかぬマイナスに傾きすぎた声音だった。ララの子供のことではなく、まるで自分の過去を思い出しているみたいに。

「あの……お母さんのこと、恨んでますか」

やるせなさそうにタクシーを見送る田島に、潤は思わず訊ねてしまっていた。が、言ってすぐに失言に気付く。デリカシーがなさすぎるし、踏み込みすぎだ。

「すみませんっ、無神経なことを言いました。失言です。すみませんでした!」

「別にいっすよー。母親とは今も一緒に暮らしてるし」

「え!」

驚く潤に田島は苦笑を浮かべる。

「何でっすかねぇ。ひどいこともされたし嫌な思いもいっぱいしたけど、何だかんだ言って嫌いにはなれないんすよ。やっぱ、母親だからっすかねぇ」

そう言う田島の顔は、これまで見た中で一番大人の表情だった。

台湾での仕事を終えて、泰生が帰ってきた。

「今日の料理は新作だなんて言っておきながら、何だよ、肉じゃがだったじゃねぇか」

食後に土産《みやげ》のジャスミンティーを飲みながら、納得いかなそうに泰生が話しかけてくる。

「肉じゃがは肉じゃがでも、味がいつもと違ってたじゃないですか。新作です。カレー風肉じゃが！　これまでと作り方は変わらなくて、ちょっとカレー粉を振りかけるだけであんな劇的に味が変わるんですよ。カレー粉って、すごいと思いますっ」

「いや、そんな力入れられてもな」

潤は懸命に感動を伝えるのに、泰生の反応はなぜか鈍い。

「もしかして、口に合わなかったですか？」

テンションを落とす潤に、泰生はそうじゃないと口をにごすけれど、あまり気に召さなかったのは間違いなさそうで、潤はしんなり眉を下げた。

「だからそう見るからにしょげるな。目新しい味ではあったし。次に期待する」

「あ、だったら！　大山《おおやま》くんには他にも中華風と韓国《かんこく》風のバージョンも教えてもらっているので、今度はそっちで作ってみますね」

「――だが、それも肉じゃがだろ？」

「はい！　おれの得意料理ですから！」

不器用なせいか、それともセンスがないのか。潤の料理の腕はなかなか上達しないが、それでも人に出せる料理は幾《いく》つかあり、そのひとつが肉じゃがだ。

料理も基礎が大事だ。基礎が出来てこそ応用がきく。勉強と一緒なんだと自信を持って潤が答えるのに、泰生は生温かい笑みを浮かべて潤の頭を撫でてくる。

「そうか。頑張れ」

そんな反応が何となく不服だ。が、潤がのんびりした気持ちでいられたのもそこまで。

「あぁ、そうだ。ゴールデンウィークにイギリスで仕事が入ったんだが、潤はどうする？」

何でもない風に話しかけてきた泰生のセリフに、潤はたちまち固まってしまう。

そうだった。ユアンとも約束した通り、ゴールデンウィークに迎える自分の二十歳の誕生日には、母とのことを決着づけなければならなかったのだ。

泰生が帰ってきたという浮かれた気持ちがたちまちのうちに萎《しぼ》んでいく。代わりに胸に満ちてきたのはこれまでずっと感じていた焦燥《しょうそう》とも不安ともつかぬ重苦しさ。

ソファの上で足を抱えるように座って、潤は奥歯を噛みしめる。

唇に触れるカップの硬質な温かさを感じたまましばし考えるが、今まで時間はあったのに出なかった結論を今すぐに出せるわけがなかった。

「……どうすればいいんでしょう」

途方に暮れて、潤はとうとう弱音をもらしてしまう。

強い情けなさが突き上げてきた。自分で決着をつけようと思っていたのに、どうにも出来なかった。泰生もずっと待ってくれていたのに。

母のことを知って悩む潤のことを泰生も気にかけないわけがなかった。

モデルという華やかな職業についているせいか軽薄に見られがちな泰生だが、その実はすごい過保護な上に心配性で、潤のことは本当に大事にしてくれる。だが今回は、ことがことだけに潤の気持ちが整理出来るまではと、何も聞かずにいてくれたのだ。

それがどれだけ難しくてもどかしいか、きっと潤の想像以上だっただろう。

泰生の気遣いと度量には感謝したいし、その気持ちに報いたいと思っていたけれど、タイムリミットの方が先にきてしまったようだ。

うなだれる潤に、隣に座っていた泰生は軽い口調で名前を呼んで顔を上げさせる。

「好きにすればいいんだよ。まだ会いたくないなら別にイギリスに行かなくてもいいし、会いたいと思うならおれと一緒に行けばいい」

簡単なことだとばかりに答えられる。あまりにあっさり言われてしまって潤は目を瞬《しばた》く。

「え……でも行かなくてもいいなんて、そんな。ユアンとはもう約束してるし」

「別に、二十歳の誕生日に母親と会うなんて約束はしてねぇだろ。なんて言ったんだったか。『結論を出す』じゃなかったか？」

「そう、でしたけど……」

その結論が出せないのだ。

唇を噛んでいると、泰生が潤の持っていたカップを取り上げた。それをテーブルに置いてから、泰生は潤の体を長い腕で抱き込んでくる。

「んで、おれの奥さんは何をずっと悩んでんだ？　言えるところまででいいから言ってみろ。潤ひとりではどうしようも出来ないなら、そろそろおれの出番じゃねぇ？」

温かい腕に、潤の気持ちを掬《すく》い上げるような優しい言葉に、力づけられた気がして潤はゆっくり口を開いた。

「母のことを知って、それからずっと……ずっと考えていたんですけど。どうにかしようと思っても、気持ちが前へ向かないんです。前向きな答えが出せなくて、苦しくて」

ここずっと心に秘めていた思いを打ち明けた。

自分にとって、母はいないも同然だった。心の中に存在しなかったのだから、本来であれば真っ白でなければならない母へ寄せる思いの中に、なぜだかぽつんと黒いシミのようなものがあった。母に対して何かしら消えないわだかまりがあると気付いたのだ。

それは、母が潤にとってトラウマだという根本的な問題に起因するのだろう。

幼い頃から、潤を虐待していたのは祖父母を含めた橋本家《はしもとけ》だが、潤の心を圧して歪ませていたのは、母の存在そのものだ。母がいたから潤は虐《しいた》げられた。母が外国人だったから異分子扱いされたし、母が自分を捨てたせいで潤は自分そのものを否定せずにはいられなかった。

母のことはまったく憎んでも恨んでもいないけれど、泰生に愛されるようになっても、そんな母へのわだかまりが心の底に澱《おり》のように沈殿して残ってしまった。いや、澱のように濃縮してしまったから、今回ここまで抵抗が強くなったのか。

もちろん母は潤を捨てたわけではなく、本当はずっと求め続けていた。悪いのは、母を追いつめて精神を衰弱させた祖父母たちで、潤に嘘をついた上に生まれてからずっと制し続けた橋本家だ。それはわかっている。理屈ではわかっているが、心が納得してくれなかった。

ほんの少しのわだかまりが潤の中で大きな壁となって、母に関係することを上手くいかなくするのだ。自分の心のことなのに自分ではどうすることも出来なかった。

「母に対して、どうしても積極的な気持ちがわいてこない——会いたいとか話したいとか顔を見たいとか。愛情だって……そうです」

泰生が口を挟まずに聞いてくれるから、潤は吶々《とつとつ》と話していく。が、次第に口調は重く、口を開くのが遅くなっていった。それでも、泰生は根気強く言葉を待ち続けてくれる。

「結局、一生懸命に考えて出てきた答えがそれなんです。いえ、母のことを考えれば考えるほど答えがわからなくなる感じでした。母に対して、自分の中に何も生まれてこないなんて」

「潤」

「だいたい母へ愛情がわかないって、ひどいですよね。自分を生んでくれた母親なのに」

喉の奥から絞り出すような声が、自分のものなのにひどく耳障りだった。

「この前会った小さな男の子でさえ、邪険にする母親を必死でママママって追いかけていたんです。小さい頃にひどい虐待を受けたっていう田島さんだって、お母さんのことは嫌いじゃないって言うんです。でもっ、でもおれはっ、母からもらった手紙さえまだ開けなくて――っ」

母へ愛情がわかない自分がとてもひどい人間のように思えて、のたうち回りたくなるほど苦しかった。母に会いたいと思えない自分が人でなしのようで恐ろしかった。他の母子の関係を見聞きすればするほど、母のことを考えるのが負担になっていった。自分の薄情さが際立っていく。こんな思いを抱えていることを泰生に知られるのは怖かったけれど、今は言わないでいる方がもっと苦しくて、苦しくて――。

「潤、潤、落ち着け」

興奮して引きつけを起こしたように体をぶるぶると震わせる潤を、泰生が両腕で抱きしめてくる。大きな手は背中へ回って、優しく叩いてくれた。落ち着いたリズムで背中を宥められて、

硬直したような体からほんの少し力が抜ける。

「こんなおれで、ごめんなさい……」

泰生が好きだと言ってくれる自分が、こんなひどい人間であるのがとても申し訳なく思えた。

「ったく、何で謝るんだよ」

小さく息をついた泰生に、潤の体は反射的にびくりとした。泰生の胸に顔を押し当てたまま固まる潤のその耳に、まるでキスをするみたいに唇が触れた。

「潤がすげぇ人間らしくて、逆に愛おしいぜ」

響きのいい声で囁かれて、潤はぱちぱちと目を瞬く。

「おまえが苦しそうにしているのを見てて、いつ泣きついてくるかと思ってたが、よくそこまでひとりで導き出したな。そこまでいきゃ、解決したも同然だ。よく頑張った」

「そんなっ……母への愛情がわかないって薄情すぎる答えしか出てないのにっ」

「ばぁか、潤が母親に愛情を抱けないのはある意味当たり前なんだよ。おまえはこれまで一度だって母親に会ったことがないんだから」

顔を上げると、それを予測していたように間近に泰生の眼差しがあった。力強い輝きを放つ黒瞳は見とれるほどきれいで、潤の心を鷲掴《わしづか》んでいく。

乱れた潤の前髪を長い指先で横へと撫で梳《す》きながら、泰生が囁くみたいに声を優しくする。

「今まで母親から愛情をもらってないのに、返せるわけないだろ。身内の愛情ってやつは、また特別だからな。例外もあるが、親にとって子供の存在は絶対らしいぜ？　そんな愛情をほんの一回、いや一瞬でも受け取った人間は忘れられるわけがない。たとえ親子の間で確執《かくしつ》が生まれても、その記憶は心の奥底にいつまでも残り続けるんだ。だから、厄介でもあるんだが」

泰生の言葉を聞きながら、先日の酒席であんなに母親から邪険にされていたのに懸命に気を惹こうとしていた子供を思い出した。バイクにひかれそうになった子供を母親は必死で助けて抱きしめていた。あの瞬間、子供は確かに母親から限りない愛情を感じたはずだ。

もしかしたら、田島も同じだろうか。

「だが潤は、そんな愛情に触れたことさえないだろ。生まれてすぐに母親は出奔《しゅっぽん》して、その後も母親に関する情報は管理され続けて一切を知らずにきたからな。おまえにとって母親は他人と同じなんだと思うぜ。通りすがりも同然の人間に愛情なんか抱けるかよ」

泰生の話を聞いていくほどに、目の前が明るく開けていく感じがした。

言われてみれば――自分を生んでくれた母と思うからいろいろ考えてことさら話をややこしく捉えてしまった感がある。けれどいないも同然だった母親は、泰生の言う通り潤にとっては見知らぬ他人と同義だ。そうやって置き換えると、悪いイメージの方が強くさえある人間と会うことに躊躇を覚えたのは当たり前かもしれない。

母に会いたいと思えなくてもおかしくないんだ。

母に愛情がわかなくてもいいんだ。

「――うん、うん」

泰生の言葉を嚙みしめるように、潤は何度も頷く。

気持ちがどっと楽になった。胸を占めていた重苦しい塊《かたまり》がほろほろと溶けていく。

同時に目から涙がこぼれ落ちていた。すぐに拭ったが、泰生には見られてしまっただろう。

それに何か言うことはなかったけれど、気持ちが静まるまで泰生は頭を撫で続けてくれた。

母は他人と同じ、か。

少し落ち着いて――そう考えると、まずは母親という人間を知るところから始めるべきではと思えてくる。自分を生んだ母親が見知らぬ他人も同然なんて失礼な話だ。まずは母親のことを知りたい。会いたいとか会いたくないとか考えるのはそれからではないか。

自分の心がようやく動き始めた気がした。

その時、はっと母から届いた手紙を思い起こす。

潤への謝罪が書き連ねられているのか、過去を打ち明けるものであるのか。どんなことが書かれているかわからない母からの手紙を読むのは、未だ少し怖い気がした。

けれどあれを読めば、母のことが何かしら摑めるはずだ。誰かの主観によって曲げられたものではない、母本来の姿を知る確かな手がかりとなるだろう。

考えたのは少しの間だけだった。

「あの、母からの手紙を今ここで読んでもいいですか？　母のこと、おれは今まで何も知ろうとしなかった。だから他人のままなんですよね。おれは知らなければいけないと思うんです。母が他人と同じだなんて、何かすごく失礼だなと思うし」

「――おまえって、ほんとすげぇよな」

思ったより力強い声が出てほっとしている潤を、泰生はなぜか眩《まぶ》しそうに目を細めて見る。

「おれが潤の好きなとこはさ、どんな苦境に立ってても心を押しつぶされそうになっても、それでも一生懸命に前を向こうとする姿なんだよなぁ」

しみじみと泰生が呟く。潤に聞かせるためではない。まるで自分の心を確認するみたいな口ぶりだった。だからこそ、潤は懺悔《ざんげ》せずにはいられない。

「前になんか……全然向けてなかったです」

母親へ積極的な気持ちがわかなくて、悩んでいたくらいなのだから。

「だぁから、そうやって気持ちが前へ向かないって苦しむところが、必死に前へ向こうとしている証拠だろ。普通ならそうやって見せたくも知られたくもない正直な心を、潤は嘘偽りなく告白出来るんだから、ほんとすげぇよ」

半べそになっている潤と目が合うと、泰生は少し照れたように唇を歪めたが。

「まぁ、それはいいや。ほら、早く手紙を持ってこい」

言われて、潤はすぐさま席を立つ。高揚して、また泣いてしまいそうだった。

何とか気持ちを落ち着けて、手紙を手にソファに戻ってくる。隣にくっつくようにして座った潤を、泰生は肩に回した手でもっと抱き寄せてくれた。

封を切ると、便せんはたった二枚だけ。初めての手紙だから言いたいことも多いのではと思っていたから、ちょっと拍子抜けする。

「きれいな字――」

何の先入観もなく見た筆記体の文字は、優しくて女性らしいものに思えた。レターヘッドに紋章や住所などがエンボス加工で入れられた白の上品な便せんで、趣味のよさが感じられる。

便せんを持つ自分の手が震えているのを知ったのは、そっと横から泰生が手を添えてくれたからだ。大きな泰生の手に包まれる心強さに励まされて、潤は文字を読み始める。

私の最愛なる潤へという書き出しから始まった手紙には、まずは潤が元気で暮らしていることを今回知って嬉しいと書かれていた。そしてユアンのこと――ずっと話を聞いていたせいで兄に憧れを抱いていたユアンが日本で起こした暴挙を許して欲しい。ユアンは潤が大好きなので、どうか恨まないでやって欲しいとも。元夫である父の正《ただし》からこれまでの経緯を知らされて、潤の事情を知ったことも。潤が二十歳になる誕生日には日本へ会いに行こうと考えていたが、事情も事情であるし、潤の気持ちが落ち着くまで会うのは控えるつもりであることも記されていた。そして最後に、生んだばかりの潤を置いてひとり家を出たことへの心のこもった謝罪が数行ほど。気持ちが落ち着いたらぜひ会いたい。その時を心待ちにしている。いつだって潤を心から愛しているという言葉で締めくくられていた。

読み終わって、潤はつめていた息を吐き出すようにふぅっと長い息をつく。

もっと、謝罪ばかりで埋められていると思っていた。過去のことをつらつら書き連ねていると思っていた。なのに、自分のことより人のことばかり。潤やユアンのことを思いやって、一番言いたかっただろうことは最後にほんの少しだけ。

潤が知ったばかりの母の姿はこれまで見聞きしていたものとまたちょっと違っていた。

「潤と似てるな」

一緒に読んでくれた泰生はそんな感想を呟く。

「似てますか?」

「芯が強そうな感じがする、ぶれないというか。何を一番大事に思うか伝わってくる」

「――うん」

あぁ、これなのかな。

先ほど泰生が言った母の絶対の愛が、手紙の中にある気がする。伝わってくる感じがした。手紙を読む前まであんなに怖がっていたのが嘘みたいだ。これまでのことを許す許せないは別にして、気持ちがふんわりと温かくなったのは、母が心から書いた手紙のおかげだ。

「泰生。おれ、母に会いたいと思います」

「へぇ?」

驚いたような声を上げたが、ちらりと見た泰生の顔は少しも驚いていなかった。穏やかに潤を見つめている。

「あの……母と会うときは、泰生も一緒にいてくれませんか?」

「いいぜ。つぅか、今年のゴールデンウィークはイギリスでの仕事を一本入れただけで、あとは全部空けてある。イギリスでたっぷりデートしようぜ」

茶化すような言葉に、ふっと体から力が抜ける。そのタイミングで、泰生は言葉を継いだ。

「ただ、これだけは覚えとけ。母親に会ったからって愛情を感じなければならないってわけじゃないからな? 母親に会うことがイコール母親を許すことでも、母親を愛さなければならないことでもない。母親という人間を知るために会うだけでもいいんだから、気楽にいけ。そこから親子の新しい関係をスタートさせるのも悪くないだろ?」

すぐにいろいろと考えすぎてしまう潤のために逃げ場を作ってくれる泰生に、潤は勢いよく横から抱きついた。

「うおっ、何だよ」

泰生がかっこよすぎて、好きになってばかりで悔しい。

厚みのある泰生の体にぎゅうぎゅうと抱きついて、潤は涙の浮かんだ目を何度も擦りつけた。


三月に入ると、急に暖かい日が増えた気がする。日もずいぶん長くなったし、コートがいらないような日もあった。しかし今日は、ここ数日の暖かさも嘘のような寒さが戻ってきている。

腕時計を見て立ち上がりかけた潤だが、中庭に面した窓から小雪が舞っているのを見て、室内にいるというのに急に寒さを感じた気がしてぶるりと体を震わせた。

八束が立ち上げたファッションブランド『Laplace』のショップオープンまではあと六日、前日に行われるレセプションパーティーまでは五日と迫っていた。

泰生のプロジェクトは大詰めを迎えている。

カウンタースペースでレンツォと額を突き合わせている泰生に、潤はそっと話しかけた。

「泰生、お話し中にすみません。八束さんのアトリエから、ショップの搬入の手伝いを頼まれているのでちょっと行ってきます」

「切りを見て、さっさと引き上げてこいよ」

顔を上げた泰生は、出かける準備万端の潤にむっと顔をしかめる。

泰生のアシスタント見習いで、演出のなんたるかを知るために泰生の後ろをくっついて歩くのが今回の潤の仕事であるが、差し迫ったこの時期だからか細々とした仕事が多すぎてスタッフの手が回らず、大事な仕事のとき以外は潤も雑用の応援に回っていた。

ただ手一杯に雑用を引き受けてしまいがちな潤に、泰生はいい顔をしない。頼まれるとつい頑張ってしまう潤を心配してくれているらしく、潤としても出来ないことはきちんと断っているのだが、最近は確かに少し無理をしがちだった。

それでも、泰生やレンツォたちよりまだ時間に余裕はあるんだけどな……。

「たぶん一時間で戻ってこられると思いますから」

そう思いながらも、潤は神妙に返事をした。が、泰生は逆にじろりと睨んでくる。

「そう言って——行った先で、またよけいな仕事を背負い込んでくるなよ。もし、何か新しいのを引き受けてきたらペナルティーな？　何かすげぇやらしい罰を用意してやるから」

「えぇっ」

悲鳴を上げる潤に、泰生の隣で話を聞いていたレンツォが肩を竦めた。

「まどろっこしいよ、泰生。潤の働きすぎが心配なら、そんな罰云々より今濃厚なキスでもして潤をオトしてしまった方がいいんじゃない？　おあつらえ向きにソファは空いてるし、あちらで存分にどうぞ」

「それもそうだな。ショップにはおれから連絡を入れといてやる、潤には休息が必要だってな」

なかなかの個人主義で潤たちのこともさばさば受け入れているレンツォの言葉に、泰生は嬉々として体を起こした。おののいて逃げにかかった潤だが。

「ちょっと、レンツォ！　ボスも。事務所でなんてことを言ってるのよ」

たった今事務所に戻ってきたらしい黒木が顔を真っ赤にしてわなわな震えている。女性にはめっぽう優しいイタリア男のレンツォが笑顔で立ち上がり出迎えた。

「お帰り、さとみ！　昨日ぶりだね。会いたかったよ」

「そんな腕を広げて近寄ってこないで、破廉恥《はれんち》男。ハグもビズも私はしないって何度言わせるの。それからボスと橋本くんも、事務所でキスなんてしたら出入り禁止にしますからね！」

声高に叱る黒木だが、泰生は飄々《ひょうひょう》としたまま。潤は恥ずかしさに体を小さくするが、レンツォは憤る黒木にお構いなしに「さとみは怒った顔もきれいだね」とにこにこ話しかけている。

「――泰生。おれ、行ってきますね」

今のうちだと潤が声をかけると、今度は泰生も止めずにひらひらと手を振ってくれた。そして、騒動も気にせず大きなテーブルでひとり黙々と仕事をしている男へと潤は歩み寄る。

「あの――大山くん。そっちがひと段落したら、一緒に来てもらっていい？」

「おう、今終わった」

パーティーへの招待客リストの再チェックをお願いしていた大山に声をかけると、さっと立ち上がってくれる。今日からショップオープンまで、親友である大山が雑用バイトの応援に駆けつけてくれていた。バイト慣れしている大山は、潤よりよほど戦力になっているくらいだ。

「大山くん、今日は来てくれて本当にありがとう。でも、雑用ばっかりお願いしてごめんね」

「別に。最初からわかって来てるし、こんなもんだろ。ただ、ちょっと驚いた。演出の仕事ってずいぶん多岐《たき》に渡るんだな。かっこいいことばかりやっていると思ってたら、案外こまごまとした仕事の方が多いし」

パーカーの下にシャツを着込んでジーンズをはいた大山の姿は、体格もいいせいか大人同然だった。事務所が入っているファッションビルを歩くと、爽《さわ》やかな身なりに精悍《せいかん》な顔立ちもあって女性たちの視線を一身に集めている。同年代の女の子たちからは何かと怖がられる大山の鋭すぎる眼差しや無愛想な様子も、大人の女性たちの目には魅力的に映るようだ。

「うん、おれも実際関わってびっくりした。演出って人によって仕事のやり方は本当に様々らしいんだ。一般的にはどれだけ効果的に世間の注目を集められるか、人の心に印象づけられるかってことが最終目的になるんだけど、やり遂げる中で関係各所を取りまとめて調整して上手く進めていくってのが一番の大きな仕事なんだよ」

ショップの内装や外装をアートデザイナーたちと考えてとりまとめたり、パーティーのケータリングや進行表のチェックを企画会社の人たちと相談したり、イメージモデルの選出やブランドの方向性をデザイナーである八束と話し合ったり。

指折り数えながら潤が携わった仕事を上げていくと、大山も興味深そうに耳を傾けてくる。

そういえば以前、演出は裏方の仕事ばかりで地味な作業の積み重ねだと泰生も言っていたか。だから堅実な潤はアシスタントとして打ってつけだ、とも。

「あぁ、あそこがショップだよ」

八束がオープンさせるショップが入るのは、泰生の事務所と同じファッションビル内にある一階のスペースだ。潤たちがショップに到着すると、助かったとばかりに留守番をよろしくと声かけしてショップの店長が駆け出していく。どうやら、什器《じゅうき》の搬入が手間取っているらしい。

「すげぇ！　ちょっと圧倒されるな」

ショップに入るや否や、大山が感嘆の声を上げた。

L字型の変形スペースだがLの横棒に当たる奥のスペースにはフィッティングルームと倉庫が設けられているので、売り場はほぼ長方形になる。その内装が、秀逸だった。

「これって、あれだよな？　飛行船？　昔の写真で見た飛行船の内部にそっくりだ。クジラの腹ん中って感じもするけど。模型の骨格とか？」

大山の言葉通り、ショップは飛行船の風船部分の内部を模したものだ。

真っ白い布製の壁や天井に沿って円に近い形に組まれた木枠が等間隔で並んでおり、床はアンティークな無垢材《むくざい》という凝《こ》りよう。前方は飛行船の先端部分を思わせる木枠が狭まっていく写真が壁紙となっていた。まさに飛行船の中に立っているような感覚だ。

「何かワクワクするな。男だとこれはたまらねぇ感じだろ」

上擦《うわず》った大山の声に、潤は笑みが浮かぶ。

凝った意匠《いしょう》の木枠など内装はレトロだが、天井からぶら下がる照明器具は近未来的で、ショップ全体としては少々不思議な感じがするかもしれない。

「そう思ってくれると、おれも嬉しい。泰生が一番力を入れたところだから」

少年のように目をきらきらさせている大山を微笑ましげに見ていると、人が駆け込んできた。

「あぁ、潤くん。もう来てたっすか！」

「その人が助っ人くん？　いやぁ、助かるよ。こっちは回せる手がなくてさ」

八束のアトリエから田島を含めたスタッフたちが到着したのだ。ショップで働く店員たちに少々トラブルが起こったとかで人手が足りず、オープン準備のためにアトリエから応援が呼ばれていた。実は大山も主にこちらのバイトを手伝ってもらうことになっている。

「あれ、佐越《さこし》店長はいないんすか？」

「佐越さんなら、さっきおれたちと入れ違いに飛び出していきました。什器が乗ったトラックが迷子になってるそうで誘導してくるそうです」

「途中、道が狭いからねぇ。お、戻ってきた。さて、これからが戦争だよ」

小雪も舞うような寒さのなか、汗をびっしょりかいたショップの店長が走ってくるのを見て、潤もカーディガンを脱いで気合いを入れた。


「すみません。おれはこれで抜けます」

「助かったよ、潤くん。タイセイさんによろしく！」

「お疲れさまっす！」

大山にあとはよろしくと声をかけて、カーディガンを手に潤は足早に三階へと上がる。セキュリティーカードをかざして事務所に入ると、深刻そうな雰囲気が漂っていた。

「お疲れさまです」

皆の気が散らないよう小さく声をかけて、電話をしている泰生の後ろに回る。

「わかった。じゃ、あんたんとこではどうだって無理ってわけだな。早い連絡で助かった。いや、それはもういい。ん。じゃ――」

スマートフォンを下ろすと、泰生が珍しくため息をついた。

「明日、保健所の立入り検査があるらしい。ノロウィルスじゃないかって話だ」

「じゃ、今日は店は休んでるんだ？　いや、営業停止ってことになるのかな」

「パーティーまであと五日よ。この段階で食中毒なんか最悪だわっ」

泰生たちの話を総合すると、ショップオープンの前日に開催するレセプションパーティーでケータリングを請け負っていたレストランが食中毒を起こしたらしい。現在は休業中で、保健所の立ち入り検査の結果によってはさらに一週間ほど営業停止処分となるらしい。

パーティーにはとても間に合わないし、何より食中毒を起こしたレストランに大事なパーティーのケータリングは任せられない。

「今からまたケータリングのピックアップ？　そうして探し出したケータリングサービスに準備まで五日しかないことを了承させて、さらに料理のチェックまでしなきゃならないのよ。無理よ無理！　絶対出来ないわ」

「しー。さとみ、落ち着いて。Calmati《カルマティ》,Satomi《サトミ》!」

気を昂らせている黒木をレンツォが穏やかに宥めている。泰生もさぞや渋い顔をしているかと思いきや、腕を抱えて思索中の横顔には少しの暗さもなかった。どころか、どことなくワクワクした表情にさえ見える。

「泰生、何かいい考えでもありますか？　ケータリングサービスに当てでも？」

潤の言葉に、黒木とレンツォがはたと黙る。三人が見守るなか、泰生はようやく顔を上げた。

「ん、前からちょっと気になっていたケータリングサービスがあるんだ。ショップとしては昼は日替わりワンプレートのみ、夜もお任せプレートしか出さない定食屋を倣《なら》ったレストランカフェって感じなんだが」

「それ、もしかしてこの間ランチに行った『キッチンわくだ』ですか？」

数日前にわざわざ車を使って食べに行った店が、ちょうど今泰生が上げた店に当てはまる。

「そこだ。料理も美味かったがセンスが抜群によかったんだよな。ワンプレートに盛られた料理がどれもフィンガータイプでさ、丁寧に作られてたし、いい感じに抜けた洒落感があった。ケータリングもやってるって話だったし、いつか使えないかと目をつけていたんだ。ただ問題は、あの店の規模で今から二百人分のフードを準備出来るかだ」

「セージ企画に話を通してもらいましょう！」

パーティーの実務をお願いしている企画会社へ電話をするべく黒木が携帯電話を手にする。

「いや、『キッチンわくだ』との交渉はおれがする。その後、セージんとこに任せよう。それより黒木もレンツォも一時から打ち合わせだろ。何かあったら連絡を入れるから、もう行け」

泰生に負けず劣らず忙しい黒木たちだ。事務所にふたりが揃うのも最近では珍しくて、今も時間なのに事が事だけに出かけられないでいたのだろう。

「いいから行ってこい」

心配するなというように手をひらひらさせると、スマートフォンを耳に当てる。すぐに話し出した泰生にレンツォは肩を竦め、黒木を促して事務所を出た。それを見送り、潤は泰生を振り返る。交渉はやはり難航しているようで、泰生は眉を寄せて話していた。

この後、泰生の事務所『ｔ《ティ》．ａ《ア》ｌ《レ》ｅｓ《ス》』でやるべきことは何か。

おれに出来ることは何かないか。

電話で話す泰生の声を聞きながら、潤は頭をフル回転させる。

実際にレストランとの細かな打ち合わせや進捗《しんちょく》管理は企画会社に任せるのだが、最初のどういった料理を求めているかといったレストランとの摺《す》り合わせや最終的な料理のチェックという要の作業は『ｔ．ａｌｅｓ』サイドの仕事だ。少なくとも前回はそうだった。今回はそういった時間が取れるかが心配だ。企画会社にすべて任せることになるのだろうか。

「――そうか！　助かった。すぐに打ち合わせにスタッフを向かわせる。どんな料理を作るのか楽しみにしている」

弾んだ泰生の声に、潤は慌てて顔を上げた。少し交渉に時間がかかったが、どうやらケータリングの了承が得られたらしい。

「二百人分、大丈夫でしたか？」

「あぁ。期日も迫ってるしずいぶん渋られたがな。だが、これまで百人分は作ったことがあるらしいから何とかやってくれるだろう。実際チャレンジしたいって気持ちはびんびん伝わってきた。不安要素はあるが、どんなものが仕上がってくるか楽しみだぜ」

今から冒険に出かける少年のように目を輝かせる泰生に、潤は口がほころぶ。

あぁ、これこそが泰生だ。逆境さえ楽しみへと変えるんだから。

「さぁて、一番の問題はどうにかなったが——」

「レストランとの打ち合わせ、泰生も行けますか？」

「それなんだよなぁ。この後、おれはインタビューの仕事が入ってて抜けられない。黒木かレンツォにこっちの話し合いに入れるよう調整させるか、時間をずらせば何とか——……。全部が全部、セージんとこに任せんのはやっぱちょっと心配だし」

泰生は呻って頭をかいた。

演出の仕事の合間にモデルの仕事が入っていて、今は分刻みのスケジュールと言ってもいい大忙しの泰生だ。黒木たちが心配したのも無理はない。

「あの――それ、おれにやらせてもらえませんか」

ゴクリとつばを飲んで、潤は口を開いた。

前回の――食中毒を起こしたレストランでの仕事には潤も同行していた。泰生が求めている料理の方向性は理解している。だから、一連のやり方は自分でもわかる。

泰生たちが忙しいのなら、自分が動くべきだ。いや、自分がやりたい。

「レストランとの打ち合わせと料理のチェック、ケータリングサービスの案件はおれにやらせてください」

潤が重ねて言うと、しばし考えていた泰生はおもむろに唇を大きく引き上げた。

「そうか。潤が行ってくれると助かる。この件は潤に任せよう」

笑顔を浮かべて、泰生が潤の腕を叩く。すぐに企画会社へ電話をかけて事の次第を説明しだした泰生を見ながら、潤はにやつく唇を懸命に噛みしめた。

泰生は渋るかと思った。なのに、すぐに了承してくれた。それは、潤に出来ると判断してくれたからだろう。戦力になると思ってくれた。それが嬉しい。

「潤、セージんとこと話はつけた。一緒に打ち合わせに行ってくれる。進行に関してはあっちに任せるが、手綱は潤がしっかり握っとけ」

「はいっ」

時間まで少し余裕があるため、前回のケータリングサービスの資料を読み込んでおこうと歩き出したとき、泰生に呼ばれた。

「そうだ。これ、潤に渡しとく」

もらったのは泰生も使っている事務所の名刺だ。

黒地の厚手のカードで、表には事務所のブランドマークである羽の意匠が銀のメタリックでエンボス加工されてあり、『t．ales』の文字がさらに深い黒で入れられている。裏にグレーで印字されているのは潤の名前だ。

「おれの名刺……？」

「おまえは『t．ales』の秘蔵っ子だからな。変に利用されることも考えてこれまで名刺は持たせなかったが、もう大丈夫みたいだ」

黒い瞳を優しく緩ませて見下ろしてくる泰生に、じんと胸が熱くなる。

これまでだって泰生のもとで働いてきたし、事務所で仕事もしてきた。が、今こそ本当に『t．ales』の一員になれた気がする。誇らしい思いで、名刺が入ったケースを胸に抱きしめた。

「っと、おれも時間がない。報告は帰って聞く。今日は頼むぜ」

「はい。行ってらっしゃい」

慌ただしく出かけていった泰生を見送って、潤も資料を集めに歩き出した。

Jun Hashimoto

目当てのレストランカフェ『キッチンわくだ』は、数日前に行ったばかりなので場所はわかる。ただ、その前に企画会社のケータリング担当のスタッフと顔合わせを兼ねたちょっとした打ち合わせをする必要があるだろうと、近くのコーヒーショップで待ち合わせていた。

レセプションパーティーでのケータリングには軽食やデザートといったフードと、ドリンクがある。今回、フードの中でもデザートとドリンクは別枠で注文しているため、これから行って相談するのは軽食メニューのみだ。

初めて任された大仕事に、潤は心臓が痛くなるほど緊張していた。

う〜。黒木さんのアドバイス通り、事務所にネクタイとジャケットを置いててよかった。けど、きちんとしたデザインでもニットのジャケットはちょっとカジュアルだったかな。少しでも大人っぽく見えて欲しいんだけど。

ショップの窓ガラスでもう一度身じまいをチェックして、潤は企画会社のスタッフを待った。

「すみませぇん、お待たせいたしましたぁ」

待ち合わせより十分ほど遅れてバタバタとショップに駆け込んできたのは男女のふたり。上品なカシュクールのブラウスを着てロングの巻き髪をかき上げる女性の名は確か、玉井《たまい》だったか。大きな荷物を抱えて後ろに立つひょろりと縦に長い男性は初対面だ。

「あらぁ、タイセイさんはご一緒ではないんですかぁ？」

席に座ってきょろきょろと周囲を見回す玉井に、潤は眉を下げながら頷く。

「はい。ボスは他に仕事があってどうしても抜けられないので、今回のケータリングはおれ……いえ、私が担当します。今日はよろしくお願いします」

あからさまにがっかりして姿勢を崩した玉井だが、すぐに潤の顔をじろじろと見つめてきた。

「えぇ？　あなたが担当するのぉ？　だってあなた——えっとぉ、橋本くんだったかしら。まだ学生さんよね。ただのバイトじゃなぁい？」

興味というより不信感いっぱいの眼差しがぐさぐさ突き刺さってくるが、丸めたくなる背筋をぐっと伸ばして潤は玉井を見つめ返す。

「いえ、一応『t．ales』のスタッフです。確かにまだ大学生ですが」

用意していた名刺を渡そうとするが、その前にばっさりやられた。

「もぉ〜勘弁してよ。こんなスタッフ以前の使えない人間をどうして寄越すのかしら。あの嫌ぁな黒木ってスタッフの差し金じゃなぁい？　もぉいっそ、こっちに全部任せてくれたらいいのに。この切羽つまった状況で子守なんて冗談じゃないわぁ」

「先輩、先輩。言いすぎですよ」

潤が傷ついた顔をしたのを見てか、隣に座る男性が口を開く。玉井も気が咎めたのか何度か咳払《せきばら》いをして、場の雰囲気を変えた。

「とにかくぅ、ケータリングの件はこちらに一任してもらうわ。レセプションまであと五日しかないの。今日はレストラン側に趣旨を説明してぇ、明日あさってにはメニューを決定して実際料理を作ってもらう必要があるんだから。はぁ、何しろ時間がないのよ。だから橋本くんはよけいなことをしないで、私たちに手間を取らせないでくれるだけでいいわぁ」

それだけ言うと、打ち合わせもほとんどしないで玉井は席を立つ。潤は呆然と玉井の後ろ姿を見つめてしまった。連れの男性に申し訳なさそうに促されて、ようやく潤も立ち上がる。

「あの、先ほどは先輩がすみませんね」

ヒールの音を立てて歩く玉井の後ろで潤の隣に並んだのは、前髪をパツンと切りそろえた坊っちゃん刈りに丸メガネをかけた長身瘦軀《そうく》の男性だ。細身のズボンをはいて、やぼったいようなセーターの下に蝶ネクタイがついたシャツを着るスタイルも一種独特で、こだわりの強い人間なのだと伝わってくる。

「いえ、若輩者《じゃくはいもの》であるのは間違っていませんから。今日は精一杯勉強させてもらいます」

「——君、面白いですね。今どきの大学生って簡単にキレるしもっとはっちゃけてるって思ってましたが、君みたいな四角四面な人間ってまだいるんですね。あ、ぼく、こういうものです」

名刺を渡されて、潤も慌てて自分の名刺を求めてポケットに手を突っ込んだ。

「かっこいい名刺だなぁ。橋本くん、でいいですか？　それにしても、どうやってこの会社に入れたんですか？　タイセイさんが演出をやるって聞いて、一緒に働きたいって狙ってた人はけっこう多いんですよ。実はぼくもそのひとりで。君、本当に羨ましいですよ」

話し好きというか、切れ目なく話すというか、名刺で名前を知った木村《きむら》という男はとりとめもないことを話して歩く。企画会社として中堅であるセージ企画に入社して二年目。今回、泰生の演出に一枚噛むことが出来て皆とても喜んでいるらしく、特にモデルの『タイセイ』のファンだという玉井は泰生が出向く仕事にはどこでも首を突っ込んで絡みたがるようだ。

「今日はアシスタントですけど、本当はこれぼくの仕事だったんですよ。初めて任せられた仕事だったのに、取り上げられてすごく残念なんです。でもそうやって首を突っ込んだ以上、タイセイさんがいないからって『じゃぁ、やめたわぁ』なんてこと、プライドの高い先輩には言えないから、今あんなに機嫌が悪くなってるんですよ」

「はぁ……」

「あ、ぼくとてもおしゃべりなんですよ。だから、気にせず話半分で聞いててくださいね」

「いえ、勉強になります」

「うん？　勉強になりますって？　あ、適当に返事してますか。それでもいいですけど」

淡々とした感じなのに、変なところに鋭く突っ込んでくる。丸メガネ越しに細い目で見つめられてしまい、潤は慌てて首を振った。

「違いますっ。入社二年目だと今回のような仕事を任せられるのかとか、泰生と一緒に働きたいと思う人が企画会社には大勢いるんだとか、話を聞いていてなるほどなと思って」

「ふむ。君はやはり四角四面な人間ですね。ぼくの言うことにいちいち真面目に返してくる。いえ、ぼくは嫌いじゃないです。今どきでない面白い人だと思います」

潤には木村の方が面白い人間だと思うのだけれど。

「あ、着きましたね。『キッチンわくだ』だ。うわ、先輩が怒ってる。行きましょう！」

ひと足先に着いていた玉井と一緒にレストランカフェへ入っていく。

髪をきつくひっつめた和久田《わくだ》と名乗った女性店長は三十代前半くらいだろうか。シンプルなシャツにズボン、化粧っ気のない顔で潤たちを出迎えた。今は店に客はいないが、つい先ほどまでランチ営業のために働いていたようだ。

「お忙しいところぉ、大変申し訳ありません。私、演出家タイセイから今回のケータリングサービスを一任されておりますセージ企画の玉井と申しますぅ」

店の中央にある大きな一枚板のテーブルで、長い髪をかき上げながらテーブルに名刺を出す玉井に、今回は潤もすかさず名刺を準備する。

「それではさっそくですが――」

「すみません、わ…私もご挨拶させてください」

さっさと本題へ移ろうとした玉井に、潤は慌てて話に入り込んだ。玉井はむっとしたが潤は目礼で謝り、和久田の前に名刺を差し出す。

「『t．ales』の橋本と申します。演出家・泰生のもとでアシスタントをしています。どうぞお見知りおきください。今回はずいぶんと難しいご依頼を引き受けてくださって本当にありがとうございます。泰生ともども『キッチンわくだ』さまのお仕事にはとても期待しております」パーティーまでは短い期間ですが、お付き合いをどうぞよろしくお願いします。

緊張に上擦った声で潤が挨拶をすると、和久田がふっと力を抜くように息をついた。もしかしたら、彼女も少し緊張していたのかもしれない。挨拶を無事に終えて、これまでビジネスマナーをびしばしたたき込んでくれた黒木に、潤は心から感謝した。

「あなた、先日タイセイさんと一緒にランチにいらしてたわよね？」

「覚えていてくださったんですか！　はい、実は先日――」

「橋本くぅん、時間が押してるの。先に進めていいかしらぁ」

つい雑談をしかけた潤に、玉井がストップをかける。そうだったと潤は慌てて居ずまいを正した。玉井からあからさまにため息をつかれて、首を竦めそうになるのを何とか我慢する。

「えっとぉ。彼に先に言われてしまいましたが、実際パーティーまでは本当に時間がありません。ですから先にちょぉっと確認させてもらいたいんですが、今週末の金曜日に二百人分のフードを本当にご用意いただけるんでしょうか？　見たところぉ、お店の規模はそんなに大きくないですよねぇ。当日になって無理でしたぁなんて、とぉっても困るんですよ」

遠慮のない玉井のセリフに、和久田がむっとするのがわかった。すぐに飲み込んだようだが。

「うちは料理人一家なので、スタッフも含めると人手はけっこうあるんです。だから、最終的にはこのお話も大丈夫だとお受けしました」

「そぉですか。では、大丈夫ですね。さっそくお話に入りましょうか」

玉井はさすがベテランだけあって、さくさくと話を進めていく。

泰生が求めるコンセプトは和寄りの多国籍だ。どこか日本を感じられるが、世界各国の料理を準備して欲しいとのことで、その辺りは和久田も今回の話を受けた際に電話で泰生から聞いているはずだ。

「当日は同じビルにあるイタリア料理店をパーティー用で借り受けますからぁ、厨房《ちゅうぼう》や冷蔵庫を使えるのでストックの置き場は問題ないと思います。他に何かご質問はございますか？」

「食器は貸していただけると伺ったのですが。プラスティック容器は使わないんですよね？」

「ええ。本来のぉ、キャンセルになったレストランが使うはずだった食器をこちらでそのまま使っていただく手続きは取りました。木村くぅん、出して差し上げて」

木村が持っていた大きな荷物は食器の見本だったらしい。キューブ型の小さなグラスや水滴型の小皿など、しゃれた形状の食器がテーブルに並んでいく。

「それでですねぇ、ちょっと見ていただきたいんですがぁ」

玉井が取り出したのは、食中毒を起こしたレストランが本来作る予定だったフードの写真だ。潤も最終チェックには立ち会ったし、事前に資料に目を通していたのですぐにわかった。

「こちら、残念にも今回キャンセルになったフードたちなんですよぉ。もう時間もないことですし、『キッチンわくだ』さんにはこの料理を参考に作っていただこうと思っています」

玉井の言葉に、潤はぎょっと顔を上げた。見ると、和久田を始めとしてアシスタント役である木村も啞然《あぜん》と玉井を凝視している。

「酸っぱかったり辛かったり、味が偏《かたよ》ってしまうのは困るんですよぉ。それで言うと、この写真の料理たちはバランスが取れていて、キャンセルになったのがもぉったいないくらいでした。簡単に使われていた材料を申し上げますから、同じ感じに仕上げてください。あ、もちろん見た目も一緒でぇ。こちらのクオリティの高さを目標としてくださいね。私どもとしても、その方が仕事もやりやすいですしぃ」

「――他の店が作ったものを、そっくりそのまま真似しろとおっしゃるんですか」

和久田の声にははっきりとした怒りがにじんでいた。

「いぃえぇ、そぉんな失礼なことは言ってません。ただ見た目や味の感じを最初から指定させてもらいたいと言っているだけで。もぉ、本当に時間がないんですよ。一から考えるとなると手間も時間もかかりますし、料理のチェックは明日かあさってには済ませたいですしねぇ。そちら側としても材料の準備とか大変でしょぉ？　参考にしていただければと思った次第です」

「玉井さん、あのっ、そういうのは泰生は望んでいませんっ」

玉井の発言の全部が全部間違っているとは言わないが、効率重視で事を運ぼうとするのは違うのではないかと潤は声を上げた。

「泰生はこの店で料理を食べた上でケータリングをお願いしたんです。この店オリジナルの料理を期待しているんです。泰生の求めるところから外れるような注文は出さないでください」

「橋本くぅん、手間はかけさせないでと言ったでしょぉ。じゃぁ、あなたはそんなことを言って万が一上手くいかなかったときの責任は取れるのかしら？　まだ学生さんのあなたには無理でしょぉ。理想ばかりで現実が見えていないタイプねぇ。厄介だけどぉ、たまにいるのよね」

「先輩、論点がずれてますよ」

「はいはぁい。よぉく聞いてね、橋本くん。タイセイさんの求めるところはこの店で作った料理でしょ。私はねぇ、写真を参考にこの店のオリジナルの感覚で作ってもらおうって言ってるだけなの。似たような材料を使って味も同系統でも、違う店が作ったら別の料理になるんじゃなぁい？　少しもおかしな話ではないでしょぉ。それとも、何か間違っているかしら？」

煩《わずら》わしいとばかりにため息をついてバサバサと髪をかき上げる玉井に、潤は唇を噛む。

責任を取れるかと言われると、潤が上手く事を運ばなかったときは潤ではなく泰生が責を負うことになるだろう。そう思うと口を開きにくくなるが、妥協していてはそれだけのものにしかならないはずだ。泰生はこれまでと同程度のものではなく、新しいエッセンスを期待してこの店にケータリングをお願いしたのだから。

和久田は難しい顔をして黙り込んでいる。その険のある表情を見て、潤は心を決めた。

「和久田さん。今回の話を泰生がお願いした際、最初は渋られたと伺っています。それでも引き受けてくださったのは、最終的に出来るとお考えになったからだと」

和久田がこれ以上何を言うつもりかときっと見据えてくる。その真剣な眼差しを受け止めて、潤は言葉を継いだ。

「泰生は、電話でのそんな和久田さんから、チャレンジするのが楽しみだという思いが強く伝わってきたと言っていました。おれ――私は、泰生のその言葉と引き受けてくださった和久田さんの意気込みを信じたいと思います」

「橋本くん、何が言いたいのぉ？」

きつい声を上げる玉井に、潤は唇を引き絞ると頭を下げた。

「今回のケータリングに際して、『キッチンわくだ』さまの料理に制限や要求はつけないでください。取り仕切ってくださるセージ企画さんは大変かと思いますが、どうぞお願いします」

「ちょぉっと、私の話の何を聞いてたのよ。無理だって言ったでしょぉ？　学生さんのあなたにイベント仕事の何がわかるの。口先だけで『大変かと思いますがぁ』って、言わないでくれる？　ただでさえ時間がないのよ、これ以上の手間と面倒はいらないの。お遊びでやってるあなたと一緒にしないで」

「遊びでやってはいません。私も『t．ａｌｅｓ』の一員ですから。今回のプロジェクトには最初から参加していました。泰生を始めとして皆がどれだけ力を入れてプロジェクトに臨んできたのかよく知っています。だからこそ、最後の最後で『時間が足りないからこれでいい』なんて妥協はしたくないんです。和久田さんがどんな料理を作るのか、泰生が楽しみだと言ったんです。演出家・泰生が思い描くパーティー会場には、和久田さんの料理がもう並んでいるんです。先日のランチで食べたような、いいえ、それ以上の料理を期待しています。そのためにはセージ企画さんのお力添えが必要なんです。どうか、どうか力をお貸しください」

「あぁ、もう無理無理ぃ、お話にならないわ。失敗したらどうするかって問題はどこに行ったの。仕事の邪魔をするのなら、席を外してちょうだい。まったくぅ、やってられないわ」

潤の言うことなど一顧だにせず、出て行けとばかりにひらひら手で払うそぶりをする玉井に、潤はぐっと声をつまらせた。が、その時横合いから声が上がった。

「だったら先輩の代わりにぼくがやりますよ」

険悪な雰囲気をものともせずに飄々と手を挙げたのは木村だった。

「もともとこれはぼくの担当ですし、ぼくだったら多少の手間も面倒も苦になりません。今のところ、それほど仕事も請け負っていないしですねぇ。それに橋本くんの案の方が楽しそうじゃないですか。タイセイさんだって和久田さんのオリジナル料理を期待するとおっしゃったんでしょう？　だったら、決まりですよねぇ。クライアントの言うことが一番ですから」

「木村くぅん!?」

「すみません、先輩。ぼく、ちょっと黙っていることが無理でした。橋本くんの熱い心にズキュンと撃《う》ち抜かれたみたいです。この仕事、やっぱりぼくに譲《ゆず》っていただけませんか？　ぼくと橋本くんでやってみようと思います」

「何言ってるのぉ？　失敗したらどぉするのよ！」

「しなければいいんですよ。そうならないよう、ぼくが全力で努力すればいいだけです。社長だって言ってたじゃないですか、無理難題を突きつけられてもファイトとアイデアを持って迎え撃てって。その先に大成功が待っているんだって」

淡々とした口調だが、言っている内容はずいぶん熱いものだ。

「あ、担当の交代はぼくから社長に報告しますよ。先輩は気兼ねなくどうぞ次の仕事へ向かってください。お疲れさまでした。はい、荷物をどうぞ」

さあ退場しろとばかりに、木村は玉井の荷物を差し出す。強引な展開に潤がハラハラ見守っていると、玉井が怒りに顔を真っ赤にして木村を睨みつけた。

「いいわ。ふたりのことは、私から社長によぉく報告しておくから」

奪い取る勢いで荷物を引っ摑んで玉井が出ていった。恨み節に潤は震え上がりそうになったが、木村はにっこり笑ってふたりへ向き直る。

「みっともないところをお見せしてすみませんでした。それでは——あれ、橋本くん？」

固まっている潤を木村が不思議そうに覗き込んできた。何とか笑みを浮かべようとこわばった唇を動かしたとき、ぷっと噴き出す声が聞こえた。

「ご、ごめんなさい。ちょっとあんまりすごい展開だったから」

声も出ないほど笑いに悶《もだ》えているのは、和久田だった。これまでの硬い表情から一変、すっかり力の抜けた笑顔を浮かべている。

「でも、あなた。先輩って言ってたけれど、上司に対してあんなことをやって大丈夫なの？」

「大丈夫じゃないかもしれませんが、仕事で挽回《ばんかい》します。社長は理解のある人なので総合的には問題ないと思います。だって、もったいないじゃないですか。あのタイセイさんにそこまで言わせた料理を、こちらの都合で型にはまった面白みのないものに貶《おとし》めてしまうなんて」

「ありがとう」

木村の飾らない言葉に和久田が笑んだ。

「ただ時間がないことは確かなんです。和久田さんには多分に無理をしていただくことになりますが、大丈夫でしょうか」

「本当ね。でも引き受けた以上、全力を尽くします。よろしくね、えぇっと――」

「これは失礼いたしました。名刺をお渡ししておりませんで」

木村が大仰にアクションして、名刺を和久田に渡す。和久田は料理のためだろう短くカットされた爪の先で名刺をなぞりながら話し出す。

「電話をもらった最初はね、断るつもりだったのよ。でも、こうやって大きなプロジェクトに誘ってくれたのは、数日前にタイセイさんがランチで食べた私の料理を認めてくれたからじゃないかって思い直したの。だったらその期待にぜひ応えたいって震えが走った。ワクワクしたわ。電話を切ってすぐに料理が次々に浮かんで大変だったくらい。だから――さっきはあんまり頭にきちゃって、危うく全部投げ出すところだった。思いとどまって本当によかったわ」

和久田の視線が潤を捉える。柔らかい表情で見る目には、感謝と信頼の光が宿っていた。

「ありがとう、橋本くん。私の意気込みを信じたいって、無理な要求にストップをかけてくれて。タイセイさんが私に求めていたのは単なる真似事だったのかって勘違いを訂正してくれて」

「い、いえ。そんな……」

潤の方こそ、先ほどの発言を肯定してもらえて胸が熱いくらいなのに。

「ふふ。橋本くんが熱く語ってくれたのも嬉しかったわ。タイセイさんの頭の中には私が作った料理がもうパーティー会場に並んでるんだってね。電話を切ったときのワクワクした思いが一気に戻ってきた感じよ」

そう言うと、和久田は手にしていた名刺を丁寧に置き、脇にあったノートを手に取る。

「さっそく仕事の話をしましょう。さっき休憩中に、考えた料理を書き出してみたの。まだほんの少しなんだけれど」

「おお、これはすごいですね。イラストだと具体的でわかりやすいです」

見せられたノートには十種類近くのフィンガーフードが書き出されていた。簡単なラフスケッチだが、見ながら和久田が素材や味の説明をしていく。門外漢の潤はただ話を聞いていただけだったが、初めての仕事だと言っていた木村がどんどん意見を出していたのはすごいと思った。テーブルに並べていた食器と組み合わせて、その場でも新しい料理を思いつく和久田と、アレンジのアドバイスを出す木村によって次々と料理がピックアップされていく。

ようやくひと段落ついたとき、潤は何もしていないのにため息が出た。ふたりのプロフェッショナルに圧倒されたのだ。しかし隣で木村もほうっと息をついている。

「それにしても、料理を作り慣れていらっしゃるんですね。いえ、料理人という以上に構想力がすごいというか手慣れていらっしゃるというか。もしかして、以前にこちら関連のお仕事をされていませんでしたか？」

「木村くんは鋭いわね。でもそんなにたいしたことじゃないの。ただ、祖母と母と姉が料理研究家で、私もアシスタントとして何度か仕事をしたことがあるのよ。ケータリングサービスもそちらでちょっと経験していたから」

和久田が口にした料理研究家の名を聞いても潤はわからなかったが、木村は知っているらしかった。兄姉たちも何かしら食に関係する職に就いていて、手伝ってくれるスタッフの知り合いも多いため、料理が決まれば短い期日でも材料は揃うし調理に関しても大丈夫だろう、とも。

「何だかもう大船に乗った気分ですよ」

木村がもらした呟きだったが、潤も同じ気持ちになる。

パーティーが楽しみになってきた……。

まだ料理の最終チェックという大事な仕事も残っているし、当日に料理が出来上がるまでは潤の仕事も終わりではないのに、ワクワクした気持ちがあふれてくる。大変だった局面を乗り越えたおかげか、木村や和久田としっかりした信頼関係が築けたためか、自分にほんのちょっと自信が持てた感じがした。ふたりのすばらしい活躍を早く皆に知らせたいと思った。

その日が来るのが待ち遠しい——。


到着ロビーに現れたクールな美少年の姿に、潤は一瞬見とれた。

ナチュラルにカールした白っぽい金髪に美しいペリドットグリーンの瞳、幼い顔立ちが甘さに感じる美貌もさることながら、彼の一番の魅力は華やかで絶対的な存在感のような気がする。

彼がおれと血の繋がった弟だなんて、ちょっと信じられないよねぇ。

ロビー中の人々の視線を一気に攫っていった少年を眺めながら潤はしみじみ思った。

ユアン・パートリッジ——ひと月近く前に突然発覚した異父弟とは、イギリスと日本と距離は離れていても、メールをやりとりしてずいぶん親しくしている。

「ジュンッ！」

だからか、潤と目が合うや否やユアンの顔がぱっとほころんだ。これまでの無表情ぶりが嘘のような満面の笑顔で駆け寄ってくると、言葉を返す間もなく抱きしめられてしまう。

「ジュン、ジュン」

「ちょっ、ちょっとユアンっ。苦しい…から」

「会いたかったよ。ぼくの兄さん――」

潤が抗議すると腕の力は緩まるが、それでも恋人同士のような親密すぎる距離で見下ろされて恥ずかしくてたまらない。腰に回るユアンの両手はもっと近くに来てほしいとばかりにぎゅうぎゅうと抱き寄せてくるし、まつげの先が触れ合うほど近くで見つめられる。ユアンがつけているのだろう柑橘《かんきつ》系のコロンの香りがふんわり鼻先をよぎるほどの接触だ。もうちょっと離れて欲しいと胸をトンと叩くとユアンは不満そうに唇を尖らせた。

「まだだよ、全然ハグしてない！　久しぶりの再会なのにつれないよ。可愛い弟にその態度はないんじゃないかな。ぼくがどれだけジュンに会いたかったか、メールにもいっぱい書いたでしょう？　ずっとずっと会いたかったんだからね」

「う。ごめん、おれもユアンに会いたかったよ。ただ、日本ではこういうスキンシップはあまりやらないから、ちょっと慣れないんだ」

「でも、おれを可愛いと思ってくれるなら大人しくハグされて！」

「うん、わかった」

潤が観念すると、しばらくしてようやくユアンも離れてくれた。いや、思う存分抱きしめて

満足したのかもしれない。この隙にと、後ろで驚いた顔をしているユアンのマネージャーとも挨拶を交わした。初めて会う女性だが、潤とユアンの関係は知っているようだ。

今回ユアンが来日したのは、彼が八束のブランド『Laplace』のイメージモデルに起用されているからだ。事前に作ったショップカタログやPVにもユアンがモデルとして使われており、ショップオープンに際してはユアンも立ち会うことが契約のときから決まっていた。

「さっそくだけど、すぐに会場へ向かっていいかな。時間が押しているんだ」

早朝には到着するはずだった飛行機は二時間ほど遅れており、ユアンの到着を待ち構えているはずのパーティー会場へと潤はタクシーを飛ばす。ユアンの学校の関係でパーティー当日にしか来日出来なかったため、打ち合わせも含めて時間がぜんぜん足りない。

今日は金曜日。

とうとう、その日を迎えていた。八束のショップのオープンを明日に控え、業界関係者や報道陣へのお披露目《ひろめ》となるレセプションパーティーが開かれるのだ。

「今日のユアンのスケジュールを言っておくね。この後、パーティーが開かれるビルで衣裳合わせと打ち合わせ、午後から取材が二件入っているのは聞いてるよね？　その後にイベントのリハーサルが入ってる。ちょっと慌ただしいね、大丈夫かな」

車内で隣り合って座るユアンはずっと潤の手を握ったままだ。普段は何にも興味がなさそうに無表情でクールなスタンスを取っているユアンなのに、本当はすごく甘えん坊らしい。それとも、潤が兄だからこうして甘えてくれるのか。

だったらちょっと嬉しいかも。

イギリスの子爵《ししゃく》令息であるユアンはいつでもすっと背筋を伸ばして孤高を持するようなプライドの高い少年だ。イギリス貴族の慣習ゆえか複雑な家庭環境のためか、誰かに甘えることもこれまであまり出来なかったようで、だからこそ兄である自分は存分に甘やかしたいと考えていた。ただ泰生は、ユアンを甘やかすときりがないからしっかり躾《しつ》けろなんて言うけれど。

「ジュンに付き添って欲しいとお願いしていた件は、やっぱりダメだった？」

「うん、ごめんね。こうして出迎えには何とか来られたけど、会場ではどうしても準備でバタバタしそうなんだ。着いたあとはパーティー進行のスタッフが全部指示を出してくれるから、ユアンを不安がらせるようなことはないと思うよ」

泰生の演出の仕事を知るためにアシスタント役に就いている潤だが、イベントを目前にした今は率先して雑用を引き受けるようにしていた。ただ、そのせいで多くの仕事を頼まれてしまい、イベント中は通訳を兼ねた付き添いを潤にお願いしたいとユアンから熱望されていた件は断らざるを得なくなった。

「ね、四月の終わりにイギリスに来てくれるって本当？　母さんに会ってくれるって話」

気を引くように手を引っ張られて、潤は顔を上げる。嬉しげなユアンの顔に、潤も唇がほころぶ。

「ユアンとの約束だったからね。ちゃんと気持ちの整理もつけられたし」

「そっか。この前日本から帰ったあとね、母さんにすごく怒られたんだ。勝手なことをしてって。普段は穏やかで優しいんだけど、怒らせると母さんが一番怖いんだ」

ユアンから母の話題を聞いても、微笑んでいられる。潤自身、今では母に会うのが少し楽しみな気さえしていた。

「さぁ、間もなく着くよ。この先がちょっと道が狭いんだ。今日は車が多いらしいから、少し手前で降りて歩いてもらうけど大丈夫かな」

いつもより人通りが多い気がするビルへ続く道に、潤はユアンとともに降り立った。

夕刻――ブランド『Laplace』お披露目のレセプションは、風を切り裂くようなプロペラ音から始まった。
パーティー会場となっているのは、ビルの一階にある八束のショップとそれに隣接したイタリアンレストラン、そしてメインの会場はロの字型の低層ビルの中央に位置する中庭だ。

パーティーに訪れている大勢の招待客やプレス関係者から一斉に歓声が上がったのは、中庭を囲むビルの壁が突然大きな窓に変化したためだ。窓の外に映し出されているのは、青空と速いスピードで流れ行く白い雲。中庭にいると空を飛んでいるような感覚になるはずだ。

プロジェクションマッピングによってビルの壁を飛行機風の大きな窓に変えているのだが、しばらくしてそこに新たに映し出されたのは、ファッションに関係する映像だった。

お針子たちが手縫いで服を作っているモノクロ映像が映し出されたあと、稚拙なファッションショーが行われている映像へと移り変わる。モノクロからやがてカラーへ――次々と変わっていく映像を見ていると、ファッションの世界を時間旅行しているような感じを覚えるだろう。

ちょっと感動して見ちゃうよね……。

何度も見ている潤がそう思うのだから、初めて見る人が受ける印象はいかほどか。

夢中で映像に見入る観客たちに、潤は緊張と興奮で手に汗がにじんだ。

「あと三秒、二、一――」

泰生の小さなカウントと同時にプロペラ音が微妙に変化する――と、まるで雲の中に突入するみたいに映像が白く曇って見えなくなった。再び鮮明になった窓の外には暮れゆく空とどこまでも続く水面だ。どんどん近付いていく水面から、着陸態勢に入っているのがわかるだろう。

着陸と同時に壁に映し出される映像はがらりと変わった。

「わっ、すげぇ」

潤たちのすぐ近くで誰かの声が上がる。

ビルの壁いっぱいに映し出されたのは、それまで自分たちが乗っていたと思われる幻想的な飛行船の姿だ。やがて扉らしき場所が開くと、中から出てきたのは膝下丈のパンツスーツに大判のストールをマントのように纏《まと》った旅装姿のユアンだ。

ここで初めて、幻影と現実が交差する。

ユアンが降りてくる二階のベランダから続く階段は、プロジェクションマッピングによってボーディングブリッジの映像へと変えられていた。

中庭にユアンが降り立った瞬間——映像も照明も一気に消えて会場が暗くなる。

「あっ」

誰かの呟きが聞こえたのは、真っ暗だった中庭の空にひとつの星が点《とも》ったからだろう。星は瞬く間に増えていき、あっという間に中庭の上空を満天の星空へと変えた。

「っし、成功だっ！」

スタッフの押し殺した喜ぶ声が上がっている。

星の光に見えるのは、中庭の空につり下げられたたくさんの照明たちだ。照明アーティストが苦心して作り上げたもので、実はリハーサルの段階で何度か接触ミスで明かりがつかないトラブルを起こしていたため、本番で成功して皆一様に安堵した。

会場は今や割れんばかりの拍手で包まれており、主役の登場を今か今かと待ちわびている。

「泰生、行くよ——」

「あぁ」

八束と一緒に、隣にいた泰生が光の中へと歩いていく。

華々しいライトのもと、肩を組んで現れたデザイナーの八束と演出家の泰生に、拍手は怒号のようにさらに大きくなった。あっという間に大勢の人に囲まれて姿が見えなくなる。

今回のパーティーは八束のブランド『Laplace』のお披露目に加えて、泰生が日本で正式に演出家と名を掲げて取り組んだ大きなプロジェクトだったため、多くの報道陣がふたりを取り囲んでいた。その場所へ——今回のイメージモデルを務めたユアンが合流するのを見ながら、潤はビルの陰でへなへなと座り込んでしまった。

「ちょっと橋本くん、大丈夫?」

「すみません。何か、あまりにすごくて足から力が抜けました……」

心配する黒木に情けない声で白状すると、スタッフの間から笑い声が上がった。

「それにしても晴れてよかったよ。雨天でも大丈夫な仕様ではあったけど、トラブルは比べものにならないほど増えただろうしな」

「泰生と握手した女性が倒れたぞ。興奮しすぎて失神でもしたんじゃないか」

「ちょっと行ってくるわ」

黒木が駆けていくのをハラハラして見守っていたが、すぐに耳にかけていたインカムから大丈夫だとの報告が入った。ほっとして、潤も仕事のために歩き出す。今日は潤もスタッフということで、黒系のスーツを身に纏い、スタッフ同士で連絡を取り合うインカムをつけていた。

招待客はずいぶん豪華な顔ぶれらしい。

デザイナーになる前はスタイリストとして第一線で活躍していた八束は、その人柄も相まってモデルや芸能人にも友人が多いという。加えて、八束のデザインした服の熱狂的なファンは様々なジャンルに存在するらしく、会場に一層の花を添えていた。

パーティー会場は海外から招聘《しょうへい》したDJのパフォーマンスのもと、ずいぶんな盛り上がりを見せている。照明による満天の星空が作られた中庭は特に人が多い。ユアンが登場するブランドのPVがビジョンで流されていることや、次のシーズンで発売予定の新作が今日一日だけプレゼンテーションされていることも大きいようだ。

もちろん、飛行船の内部を模したショップにも大勢の人が押し寄せていた。先ほどのプロジェクションマッピングで投影された飛行船が相乗効果となっているようだ。大胆すぎる内装に圧倒されたり興奮に目を輝かせたりする人々を見ていると、潤も嬉しくなってくる。

「佐越店長。何かお手伝いすることはありませんか」

小声で訊ねると、ショップ店長もどこか興奮に上擦った調子で大丈夫だと返事を返してきた。

華やいだ声が上がるパーティー会場を潤はゆっくり巡回して歩く。

パーティー進行の実務は企画会社にすべてお任せだが、それでも掬い上げられていないトラブルはないか、チェックをするのが潤の仕事だ。重ねて泰生からは、パーティーの進行や雰囲気を理解することも今の潤には大事な仕事だと指令を受けている。出来るだけいろんな場所へ行って、どういったやりとりが行われているのか見ておけ、と。

「橋本くん、料理が足りなくなりそう」

イタリアンレストランを借り受けて設けられているケータリングコーナーへ出向くと、今は配膳《はいぜん》に徹している『キッチンわくだ』の店長である和久田が悲鳴を上げた。

ぎょっとして見ると、テーブルに並んだ華やかなフィンガーフードはもう半分近くなくなっている。近くにいた担当の木村に確認すると、仕方ないとばかりに肩を竦められてしまった。

「参加の大半が男性客だから、フードの減りが早いのは想定済みですよ。ただフードが美味しすぎるせいで、思った以上にお客さまがここから離れたがらないのには困っていますね。同じ料理をひとりで二個も三個も食べる方がいて、それとなく注意はさせてもらっていますが。何、大丈夫ですよ。さりげなくデザートにも誘導していますから」

丸メガネを押し上げる木村の顔には動揺の色もなくて、潤はほっと胸を撫で下ろした。

おれも慣れれば、木村さんのように落ち着いて事に当たれるようになるかな……。

桜色の求肥《ぎゅうひ》で巻いたトウロンポウを食べて顔を蕩《とろ》けさせている目の前の男性客に、潤もつられて唇が緩んだ。頼もしい木村にあとを託して歩き出したとき。

「お。潤、見っけ」

突然、横から伸びてきた腕に囚われた。同じタイミングで、周囲からわっと歓声が上がる。

「泰生⁉　え、ここにいて大丈夫ですか」

「休憩だ。あー、しゃべり疲れた。喉が渇いたから、ちょっと付き合え」

喉に手を当てた泰生がうんざりした顔で潤を促して歩き始めた。

パーティーが始まってからずっと大勢のプレス関係者やＶＩＰ客に囲まれていた泰生だが、ここにきてひと息ついたらしく抜け出してきたようだ。そんな泰生をひと目見ようと周囲が一気に騒がしくなるが、それも当たり前かもしれない。普段ならそばで見ることも叶わない世界のトップモデルがすぐ間近にいるのだから。しかも、今日のパーティーの最重要人物のひとりだ。

「ガス入りのミネラルウォーターな、そうそれ。潤は何飲む？」

しかし泰生は、自分に集まるあまたの視線などまったく気にもかけない。緊張顔のウエイターに銘柄まで指定してドリンクを注文し、潤を振り返ってくる。

「えっと、でもおれはまだ仕事中ですし」

「おれが許可するから問題ない。それに水分ぐらい取っとけ。おれと同じでいいな」

潤の返事も聞かずに、泰生はグラスをふたつ受け取った。渡されたグラスにどうしようと考えたのも一瞬だけ。泰生が美味しそうにグラスを傾けるのを見て潤も急に喉が渇いてきた。口をつけると、きつすぎない炭酸が喉を駆け抜けていくのが爽快だった。

「ケータリングの周りもすげぇ人だな。やっぱデザートよりフードが人気か」

「はい、フードは和久田さんがすごく頑張ってくださって。見た目もスマートでしゃれてるんですが、食べると美味しすぎてもうびっくりなんですよ」

つい力が入ってしまう潤に、泰生は目を細める。

「潤も頑張ったんだろう?」

「え」

「聞いたぜ、セージんとこから。あのフードのために、潤が奮闘したって話」

泰生が顎でしゃくる先では――泰生のせいで集まってきた人々だが、美味しそうなケータリングに目を引かれたようで――すごい人だかりとなっていた。

「――よくやってくれたな」

泰生の大きな手がくしゃりと潤の頭を撫でる。

潤はじんと胸が熱くなった。打ち合わせのときに、勇気を出して頑張ったことが今こそ報われた気がする。嬉しくて、目の周りが急に熱くなった。

「んな素直にウルウルしやがって。潤は本当に――…」

苦笑した泰生が潤の頭に乗せたままだった手で潤を抱き寄せようとしたとき、インカムから黒木のヘルプが入ってきた。泰生が行方不明だから探してくれ、と。

我に返って、潤は慌てて飛び退いた。

わー！　何やってるんだ、おれっ。泰生にされるがまま抱きしめられようとしたなんて。

「泰生っ、黒木さんが探しています。ショップだそうです、行ってください！」

「ちぇっ。もう少しいいじゃねぇか」

「そ、そんな顔してもダメですからね」

潤が上目遣いに見据えると、泰生はもう一度潤の頭をぐしゃぐしゃにかき混ぜる。

「はいはい、潤に言われたら行くしかねぇな」

唇を歪めるようにかっこよく笑ったあと、泰生はようやく歩いていった。

「もう……」

ほてった頬に潤はそっと手を当てるが、すぐに自分の仕事を思い出して顔を上げる。スーツの襟《えり》につけているインカムのマイクで泰生が今ショップへと向かっていることを報告した。

泰生がいなくなったせいだろうか。ケータリングスペースもようやく少し落ち着いてきたようで、和久田と木村が顔を見合わせてほっとする姿を目にした。

大丈夫そうだと安堵して、潤もスペースを後にする。歩きながらパーティー会場を見回すと、この場に集う誰もが楽しそうに笑いさざめいていた。

すごいな。笑顔、笑顔、笑顔だ。

これが泰生の仕事の成果なのだと、何だか自分までも誇らしくなった。

四月になって、大学がスタートした。

潤は二学年へ進級し、気持ちも新たに大学生活を始めたのだが――。

「そこの新入生の君！　大学生活も履修《りしゅう》相談も私たちボードゲーム研究会の優しいお姉さんたちにお任せあれ。懇切丁寧《こんせつていねい》に教えてあげるわよ。さぁ、おいでおいで！」

「ちょっと待った！　うちでは履修相談会を実施するんだ。君は何学部？　シネマクラブにはありとあらゆる学部の先輩たちが揃っているよ。話を聞くだけでもどうかな」

「いえ、あの、おれは――」

なぜだか新歓活動中の学生たちに新入生だと勘違いされて腕を引っ張られていた。

同じように周りでもみくちゃにされている新入生は見た目にも初々しく、だからこそ二年生になった潤は彼らより少しは貫禄があってもいいはずなのに。

困惑とショックで、潤はしばし反応も出来ない。

「おい、ちょっと。そいつは二年の橋本だろ」

救ってくれたのはサークル仲間らしい男子学生だったが、潤は知らない顔だ。

「え。橋本って、あの――?」

「あぁ、本当だ！　え、彼ってこんなに地味だったたっけ？　嘘！」

今まで潤の腕を両側から引っ張っていた学生たちが一様に顔を覗き込んでくる。潤としては、何が『あの』なのか教えて欲しかった。

「何やってんだ、橋本」

「何々、何か絡まれてる?」

ちょっとした膠着《こうちゃく》状態の場に入ってきてくれたのは、友人の大山と三島《みしま》だった。大山とは校門前で待ち合わせていたため、ちょうどタイミングよくここで行き合ったらしい。

「あの、じゃ、おれはこれで」

そっと自らの腕を取り戻して、大山たちと一緒に歩き出す。

「あぁっ、新入生じゃなくても橋本くんだったら捕まえておくんだった！」

「いや、大山も一緒なら無理だろ。あの大山だぜ？」

「それで言ったら、あの橋本くんだったんだよ⁉　失敗した〜」

とたん後ろから名残惜しげな声が追いかけてきて、潤はますます首を傾げた。訳がわからなくて、しぜん足が速くなってしまうのも仕方ないだろう。

「いったい何だったんだろう」

不思議がる潤に、噂に詳しい三島が苦笑しながら教えてくれた。

「橋本って、ちょっとした有名人になりつつあるんだよ」

何でも、昨年一年間の潤の言動やスタイルが注目を集め始めているらしい。

泰生やユアンなど華やかな交友関係が取りざたされたり、ファッションなどのクリエイティブな方面でバイトをしている噂が出たりと、潤が他の学生とは一線を画していることが知れ渡ってきたようだ。かといってそれで幅をきかせるようなこともなく、授業態度はしごく真面目で成績もトップクラス。そんなこんなで大学でも一目置かれる存在になりつつあるのだと。

「一目置かれるって、大山くんならわかるけど」

「もちろん大山は最初から一目置かれてるよ。でもそんな大山の親友の橋本も、やっぱすごかったんだってさ。さっきも、先月にオープンしたブランドのオープンニングイベントのときにインカムつけた橋本を見かけたって話でちょっと盛り上がっててさ。あ、それで聞こうと思ってた。ここだけの話、それ橋本で間違いないよな？　何か前に言ってたもんな」

「それは……うん」

「やっぱり！　でさ、その時も結局最後には『橋本だから』で皆納得してた。な、大山？」

三島に同意を求められて、大山は肯定するように肩を竦める。潤が何となく納得出来ずに黙り込んでいると、三島は苦笑して潤の背中を叩いてきた。

「橋本はさ、すごいことはしてないってよく言うけど、そういう姿勢こそが『あいつすげぇな』って言われてるんだよ。まぁ、いい噂なんだから、どんと構えとけばいいんだよ」

これから書店でバイトだという三島と校門前で別れて、潤は大山と並んで歩く。

「『Laplace』のショップオープンのときは、大山くんだっていたのに」

さきほど三島たちと話題に上がったときも、きっと大山はそのことについてひと言も言及しなかったに違いないと潤は恨めしい思いで隣を歩く親友を見上げた。

「誰が厄介ごとに自ら首を突っ込むか。第一、おれは完全な裏方だったろ。目立つ場所で走り回っていた橋本とは違うからな」

「大山くん、ちょっとひどい」

「どこが。けど、少し驚いた。あのブランドのファンがうちの大学にもけっこういたなんて」

つっけんどんな口調で大山に返されても、潤は平気で会話を続けられるようになっていた。

「それで、何か用事があったんだろ?」

「そうだった。大山くんにこれを渡そうと持ってきたんだ」

潤がバッグから取り出した『Laplace』の名が入った紙袋を見て、大山が眉を上げる。

「それ——」

「うん、『Laplace』のショップオープンのイベントで配ったノベルティーグッズ。大山くん、かっこいいって言ってたでしょう? ストック分が見つかったからもらってきたんだ」

先月、八束のブランドショップ『Laplace』がとうとうオープンした。前日のレセプションパーティーも盛況だったが、翌日の一般客へのお披露目となるショップオープンのイベントも大成功を収めた。デザイナーである八束の挨拶のあと、オープニングセレモニーを行ったのだが、泰生の演出はそこでも話題を呼んでいる。ショップの周囲にスモークを焚《た》いて全貌を見えなくし、それを八束や泰生、そしてイメージモデルを務めたユアンがテープカットならぬバズーカ砲を模した送風機でスモークを吹き飛ばしてのお披露目だったのだ。

当日は人数制限をかけるほど多くの客が訪れて、売れ筋商品などは補充したそばから売れていくという嬉しい展開だった。来店した客は皆一様にショップの雰囲気に驚き、興奮してスマートフォンのレンズを向ける人が多数。セージ企画の木村からは、オープン当日の夜にはショップを絶賛する記事がネット上にたくさん上げられていたと報告を受けている。

大山にはショップのオープンまでという約束でバイトを頼んでいたのだが、八束のアトリエスタッフたちが大山の働きを絶賛してバイトの続行を懇願したために、オープンイベント当日も裏方で働いてもらっていたのだ。

その際に、ノベルティーであるメタルチャームがついたレザーブレスレットを見て、大山が珍しくかっこいいと褒めるのを聞いたため、先日八束のアトリエを訪れた際にもらってきたのだ。大山に渡すのだと言うと、アトリエのスタッフたちは喜んで譲ってくれた。

「へぇ、嬉しいな。アクセサリーとかこれまであまり興味なかったけど、これはひと目見てかっこいいと思ってさ。売ってるのを買おうと思ってたのに、店になくてがっかりしたんだ」

「うん。何か、すごく人気があるらしいよ。ネットとかで見たお客さんから商品化して欲しいって要望がたくさん届いているんだって」

「だろうな。これ、本当におれがもらっていいのか？」

「もちろんだよ。無理してこっちのバイトに何日も来てもらったんだから、田島さんたちもぜひ渡して欲しいって、逆に頼まれたくらいなんだ」

「そうか。ホントありがとな。田島さんたちにもよろしく言っといてくれ」

紙袋を嬉しそうにバッグにしまう大山に、潤も笑って頷いた。

「父さん、今日はありがとうございます」

久しぶりに会った父から、少し早いが誕生日祝いだとフルオーダーメイドのスーツをプレゼントされた。泰生《たいせい》からも以前高校卒業と大学入学の祝いにプレゼントされたことがあったが、その時はさすが泰生が選んでくれたスーツで少し遊びが入ったおしゃれなものだった。今回はかっちり正統派のブリティッシュスタイルを父に選んでもらった。

まだ出来上がっていないけれど、あのスーツを着たら潤《じゅん》ももう少し大人っぽく見えるはずだ。少なくとも大学に入学したばかりの新入生には間違えられないだろう。

「そうだな、大丈夫だろう。出来上がったら、いつか大学へも着ていくといい」

先日の大学での不本意な体験を話して聞かせると、父は珍しく声を上げて笑った。

潤の方から父に連絡を取って会いたいと誘ったときには、まさかこんな高価なプレゼントをもらうことになるとは考えておらず、少々申し訳ない気分だ。遠慮をするより、感謝される方が嬉《うれ》しいのだと言われて、潤は礼を口にしたのだが。

「スーツが早めに出来上がったら、イギリスにも持って行きたいんですけど」

「あぁ、だから納品日を気にしていたのか。だが、あの店は丁寧《ていねい》に作るから今月末の仕上がりは難しいだろう。そんなことならもう少し早めに作りに行けばよかったな。いや、フルオーダーでなければひと月もかかるまい。近いうちにもう一着買いに行こう」

「いえっ、大丈夫です。ちゃんとスーツはありますから」

とんでもないことを言い出した父に、潤は慌てて首を振った。潤に対して最近さらに甘くなった気がする父には要注意だ。オタクを自称する三島《みしま》が以前教えてくれた『お口チャック』を呪文のように心の中で唱《とな》えながら、潤は料理に意識を戻す。

「このお吸いもの、お出汁《だし》が美味しいですね。たけのこの香りも春って感じがします」

今日父が連れてきてくれたのは、潤の年代では少々敷居《しきい》が高い高級割烹《かっぽう》だ。白木も美しいカウンター席ではなく、個室を選んでくれたのは潤が話をしたいと言ったせいだろう。

父とは定期的に食事をしているが、こうしてのんびり夕食を取る機会が持てたのは本当に久しぶりだ。前回会ったのは、ふた月近く前。ユアンから母に関する衝撃の事実を告げられて少したってからだ。母と電話で話したという父からの報告を、その場で聞いた。

「んっんっ。それで、今日はどうしたんだ？　潤から会いたいと言うなど、何かあったのか」

何度か咳払《せきばら》いをして、父が改まったように口を開いた。父の緊張が移ったみたいに、潤も思わず背筋を伸ばしてしまう。

「いえ、父さんにはずいぶん会ってなかったから顔を見たくなったんです。それに、ゴールデンウィークのイギリス行きには父さんも後から追いかけてくれることになって、とても心強いなって思ったので、お礼も言いたくて。でも父さんは忙しいのに、本当に大丈夫ですか？」

「大丈夫だから行けると返事をしたんだ。子供のくせに変な気を回すんじゃない」

素っ気ないほどの父の返答だが、潤は笑みを浮かべる。口べたで言葉も足りない父だが、今では愛情を疑ったことはない。

「話があるというのはそれだったのか？」

「いえ。話があるというか、父さんから話を聞きたかったんです。母のこと。前に一度話してくれようとしたのに、おれが聞くことが出来なくて」

前回の食事会のとき、父は母親のことを話そうとしてくれたのだ。けれどその時は、まだ潤の気持ちの整理がつかなくて断ってしまった。だが、手紙を読んで母に関心を持った今、イギリスへ行く前にもう少し母のことを知りたいと思っていた。

「あの、でも……簡単でいいです。母はどんな人だったのかってだけでも――」

「いや、潤はすべてを知る権利がある。レディ・パートリッジに会う前に私も話しておきたいと思っていたから、ちょうどいい。ただ私も、父母や家政婦を問いつめたりレディ・パートリッジに連絡を取ったりしてすべての真相を知ったのはつい最近の話だ。だから途中聞き苦しいところがあるかもしれないが、聞き流してくれ。私もなるべく客観的に話す努力をする」

父は硬い口調で話し出した。

「レディ・パートリッジとは――いや、今だけはアイラと呼ぼう。アイラと会ったのは、おまえの姉・玲香《れいか》の母親を亡くしてすぐの頃だ。海外で仕事をするために専属の秘書が欲しくて雇った。が、アイラは日本語がまったく出来なくてね。そのせいでトラブルを起こしたんだが、その後にアイラは独学で日本語をマスターしてしまったんだ。どちらかというと寡黙《かもく》で大人しい女性だと思っていたから、そのバイタリティには驚いたな。アイラに惹かれるのはあっという間だった」

明るい栗色の髪にブルーグレーの瞳、整った容貌をしていて、第一印象は西洋人形のようだと思ったという。外国人にしては小柄で、おっとりとした雰囲気に反して熱い心を持っており、そのギャップにやられたのだ、と。

父の正《ただし》にとっては初恋だったらしい。

真面目一辺倒で、結婚も両親の薦《すす》めによる政略的なもの。それを今まで正は何とも思っていなかったが、だからこそ自分で初めて手にした恋に夢中になったという。さいわいにもアイラも思いを返してくれて、恋愛は時間を置くことなく深いものへと変わった。子供が――潤が出来たのもすぐのこと。

両親の反対を押し切って結婚したふたりは最初マンションに住んでいたが、つわりが重かったアイラを心配して、正は両親との同居に踏み切った。その頃の正は事業を拡大しようと一年の半分近くを海外ですごしていたという。留守の間、身重のアイラをひとりにするのが忍びなかったようだ。アイラとしても、当時まだ幼かった継子《ままこ》の玲香から父親を取り上げていることを気に病んでいたため、同居にも乗り気だったらしい。ただ実情は、祖父母が玲香を囲い込んでアイラどころか父にも接触させないようにしていたとか。

しかし今思えば――それこそが最初にして最大の間違いだったと正は苦く語る。

「日本に帰ってくるたびにアイラはやせ細っていった。心配して訊ねるが、アイラはつわりがひどいせいだとしか口にしない。私もそれを信じてしまったんだ。結婚を許さなかったほどアイラを嫌い抜いていた父母がどのように彼女に接するか、考えもしなかった。まったくの私の失態だ。この前、アイラとほぼ二十年ぶりに電話で話したときに少し聞いたのだが――」

アイラは、正が好きだったからこそ何も言えなかったようだ。自分の両親がアイラを虐《しいた》げていると知ったら、正がショックを受けるだろうと考えたらしい。自分が少し我慢をすればいい。これはアイラと舅姑《きゅうこ》たちとの問題であり、正とは何のトラブルもない関係でいたい、と。

「アイラとしても、何とか私の両親と理解し合いたいと努力を試みていたようだ。が、父母たちの目にはそれが反抗的だと映ったらしいな。自分が何かをすればするほど、虐待《ぎゃくたい》はひどくなっていったと話していた」

顔色も悪く、苦しげに唇を歪《ゆが》めた正は絞り出すような声で言葉を綴《つづ》っていく。

もともとアイラ自身もいろいろ苦労して育ったという。それ故に辛抱強い性質であり、トラブルを嫌う性向だったのが、皮肉にも事態を最悪の結果へと導いてしまったようだ。

味方もいない日本で、厳しい慣習に縛《しば》られた旧家にひとり取り残され、自分を嫌う舅姑にひどい扱いを受け続けたアイラはどんなにつらく苦しかったことか。

何かおかしいとようやく正が気付いたのは、出産間近。怒りっぽくなったり鬱然《うつぜん》と涙を流したりとアイラの精神状態が不安定になり、慌てて訪れた病院で妊娠鬱という診断結果が出た。妊娠中の女性にはよくあることだと聞き、そこでまた原因を取り違えてしまったのだと正は反省を口にする。ちょうど仕事が一番忙しい時期で、心配ではあったが医者に任せれば大丈夫だと言う父母の言葉を信じ、また仕事へ出かけてしまったのだ、と。

そうしてアイラはひとりで我慢し続け、潤を生み終わったあと――突然いなくなってしまった。出産に駆けつけた正がまた仕事で海外へ出かけた直後だったという。

「慌ててアイラを探した。だが、私はアイラのことを何も知らないということに、その時に初めて気付いたのだ。私もアイラもそうおしゃべりな方ではなかったせいもあるが、お互いのことを理解する間もなく愛し合ってしまい、結婚してからも会話を怠《おこた》っていた。いや、愛があるから言葉は必要ないと勝手に思い込んでいたんだな。だから、いざアイラの行き先を探ろうとしても、彼女の友人の名はおろか彼女の行きそうな場所さえも私はわからなかった」

ただそんなアイラの出奔《しゅっぽん》は、愛し合っていると思っていた正にとっては裏切りだった。これまで父母からアイラがひどい人間だとうるさく言われても耳も貸さなかったが、何も言わずに突然家を飛び出し行方をくらましたアイラに疑心暗鬼《ぎしんあんき》が生じてしまったという。

「今では父母に悪意があったとわかるが、当時は疑いもしなかったからな。アイラが家を飛び出したと聞いたとき、どんなに手を尽くしてもアイラを見つけられなかったとき、父母から吹き込まれた話を信じ込んでしまったんだ。アイラは父母が言う通りのひどい人間だったのだと。かわいさ余って憎さ百倍、というものだったのだろう」

そんな時、それまで行方がわからなかったアイラが弁護士を通じて一方的に離婚を求めてきた。父母の言うことが証明された気がして正はショックを受け、何も聞かずに判を捺《お》した。

「あの時、どうにかしてでももう一度アイラと接触すべきだったのだ。アイラと直接話をしていれば、人任せにせず自分で行動をしていたら――いや、今さら何を言っても詮《せん》ないことだな」

悔やむ声を上げる正を、潤はぼんやり見つめる。

泰生と一緒に開封したアイラからの手紙には潤への謝罪と愛情が綴られていた。

その時にも感じたが、今回の話を聞いて、母というアイラの存在がさらに明瞭《めいりょう》になった気がする。自分を生んだ「母」という記号にすぎなかった存在が、どんどん実像化し始めた。

イギリスへ行く前に、母に会う前に、父さんから話を聞いてよかった……。

父母の間には深い愛情があったことや、ふたりが互いを嫌いになったからではなく、思い合ったがゆえのちょっとしたボタンのかけ違いで別れてしまったことに潤は心からほっとしていた。重ねて当時の、母の心の負担が思った以上にひどかったことに胸を痛める。

母という人間にさらに興味が深まり、イギリスの地に住むまだ見ぬ母に思いを馳《は》せる。

もうすぐ、おれはその母に会いに行くんだ。

母に対する自分の気持ちがどんどん変化していくのを感じた。

「まぁ——あとは、潤も知っての通りだな」

潤と同様に長いこと沈黙していた父も、またゆっくり話し出す。

自分を裏切って出ていったアイラにそっくりの潤を見るのがつらくて、なるべく関心も接触も持たないようにした。家にも近寄らず、ただひたすら仕事を中心に生きてきたのだ、と。

すべてを話し終わって、正は浅い息を吐いた。青い顔を強ばらせて、つらそうに潤を見る。

「潤。私こそがおまえに謝らなければいけない。すべての原因を作ったのは私だったのだ。おまえから母親を奪ったのも、母親の愛情を知らずに育ってしまったのも、母親と同じ虐待をおまえにも受けさせてしまったのも、すべてすべて——」

「父さん、いいんです。父さんだけが悪いんじゃないってわかってますから。それに、父さんからはもういっぱい謝罪は受け取っています。同じくらい愛情だって。だから、いいんです」

「しかし……」

「父さんだってこれまでたくさん苦しんだんでしょう？　もう本当に十分です」

苦悩に満ちた正の顔に、潤は懸命に言い募《つの》る。

確かに正も悪いかもしれない。けれど橋本《はしもと》家という環境のなか、仕方なかった部分も多い。それを潤は身をもって知っている。あの大きな家は、誰もを何かしら歪ませてしまう気がした。

「――潤も大人になったな」

正の顔色がようやく戻ってくる。頬はまだ引きつった感じではあったが、潤を見て目を細める正の顔には微笑みに近い表情が浮かんでいた。

「だが、そんなに早く大人になるな。まだ子供でいていいんだから。もう少し――もう少し私の子供でいなさい」

いや、どこかやるせないような表情でもあった。

正の言葉の意味がわからなくて潤が首を傾げると、ふっと今度こそ父が笑った。

「やはり、今日作ったスーツでレディ・パートリッジに会いに行けるように、オーナーに製作を急いでもらおう。あの店だったら多少の無理はきく」

「でも……あの、じゃあ、よろしくお願いします」

正の何かを期待するような表情に、潤はフル回転で頭を働かせ推測した返事を恐る恐る口にしてみる。どうやらそれが正解だったようで、正はしごく満足そうに頷《うなず》いた。

「いいだろう。任せなさい――」


父との食事を終えて席を立ったとき、マナーモードにしていたスマートフォンに泰生から着信が入っていることに気付いた。店を出てから確認しようと考えていると、前を歩いていた父が唐突に足を止めてしまった。スーツの背中にぶつかりそうになって、潤は踏鞴《たたら》を踏む。

「父さん？　何か――」

父の背中から店の外を覗くと、泰生が立っているのを見つけた。

「えっ、どうしたんですか」

向かい側の店も名のある料亭なのだろう。雰囲気のある黒板塀に寄りかかっていた泰生は、潤が飛び出してくるのにあわせて体を起こす。

「近くのスタジオで撮影だったんだ。オトーサマに、ついでにおれも乗せてってもらおうって思ってさ。そろそろ会食も終わりの時間だろうと来てみてビンゴだった。潤のケータイには一応メッセージを入れといたんだが、まだ聞いてねぇだろ」

あ、さっきの。

潤は手に持ったままだったスマートフォンを見て頷いた。

「まったく相変わらず図々しいな、きさまは。しかも、何だ。潤の行動に逐一チェックを入れているのか。そういうのはけしからんぞ」

「マイハニーのチェックを入れて何が悪い――って言いたいところだが。潤が報告してくんだよ、明日はオトーサマがすごい料理屋に連れていってくれるんだってな」

顔を合わせると何かと言い合いになる泰生と父は、今日もちょっとした諍《いさか》いへと発展しかける。が、泰生のセリフに父がふいに言葉をつまらせた。

「そりゃあもうすげぇウキウキした声だったぜ。よかったな、オトーサマ?」

「――きさまの上から目線は本当に腹立たしいな」

ようやく言葉を返した父だが、その声には正反対の感情が含まれている感じがした。

何か照れてる?

どこか嬉しげにも聞こえた父の声に潤が首を傾げると、それに気付いた父は慌てたように咳払いを繰り返している。隣で泰生が肩を揺らして笑っているのも不思議だった。

「まぁいい。潤のついでだ。いつまでもバカ笑いしてないで、さっさとついてきなさい」

思ったよりすんなりと同行を許した父にほっとして、潤は笑っている泰生を引っ張るように歩き出した。通りの角に待機していた車に、潤を挟んで泰生と父が乗り込む。

「中でもお吸いものが気に入りました。お出汁の味がうっとりするくらい美味しくて――」

車内でふたりがこれ以上険悪な雰囲気になるのは嫌だと、潤は奮闘する。父に食べさせてもらった料理がどんなに美味しかったかと泰生に話して聞かせていると、泰生はおろか父までもなぜか苦笑しながら相づちを打ってくれた。

「オトーサマ、今日は助かったぜ。またよろしくな」

「ふん、気が向いたらだ。潤は勉強を頑張りなさい」

「はい。今日はありがとうございました。ごちそうさまでした」

車を降りる頃にはずいぶん和やかな雰囲気で、潤も顔がほころぶ。

ポストに届いていた郵便物と仕上がってきたクリーニングを抱えて部屋へと入った潤だが、それらを整理する前に泰生から取り上げられてしまった。

「それは後でいいから、先に風呂に入ろうぜ。今日の撮影が雨ん中って設定だったから、頭から水かぶって寒いのなんのって」

「そうなんですか？　お風呂、予約しとけばよかった！」

慌てて風呂の準備をしようとする潤だが、なぜか後ろから泰生もついてくる。

「スマフォから予約しといた。だから、ほっかほかだぜ？」

「何だ、そう――…わっ」

たどり着いた脱衣所で、待ってましたとばかりに後ろから抱きつかれた。そのまま着ているジャケットを脱がされて、ネクタイの結び目に指を入れられる。

「待って、待ってください！」

シュッと音を立ててネクタイを引き抜いていく泰生の手を慌てて止めると、

「…んだよ、潤はおれにひとりで風呂に入れって言うのか？　薄情だな」

「そんなことは……泰生～、痛いです」

不服を訴えるように潤の肩に泰生がぐりぐりと顎《あご》先を押しつけてきた。

「わ…わかりましたから。自分で脱ぎますからちょっと離れてください」

「却下。自分でやると時間をかけすぎるだろ、おまえ。一緒に風呂に入るのを今になっても恥ずかしがるって、どこまでウブなんだよ――…って、潤、まだサイズ戻ってなかったのか」

ベルトを外すとすとんと脱げてしまったスラックスに、泰生が声を渋らせる。

「これはもともとちょっと緩《ゆる》かったズボンなので」

「嘘つけ、緩すぎにも程があんだろ。つぅか、サイズが合わないのをベルトで無理にはくと、シワが寄りすぎてかっこ悪いからやめろ。ったく、オトーサマじゃないが、おれも何か美味いものを食べに連れていく必要があるな」

先月までの演出のアシスタント業務が忙しかったせいで、潤は少々痩《や》せてしまっていた。泰生も知ってはいたけれど、こうして以前はいていたパンツと比べると一目瞭然《いちもくりょうぜん》だったせいか、心配させたようだ。

「あ、だったら、今度行くイギリスで何か美味しいものをいっぱい食べたいです」

「イギリスねぇ。食に関してはあまり期待出来ないかもなぁ、あの国は」

そういえばイギリスの小説家の言葉で、イギリスで美味しいものを食べたければ朝食を三度取ればいい、なんてあったのを思い出す。

「まぁ、行くまでには潤の期待に応えられるもんを何か見つけとくけど。おぉ、温《あった》けぇ」

そんなこんなを話している間に潤の服は全部はぎ取られていて、泰生自身も裸になっており、バスタブいっぱいに満たされた湯に沈められていた。

泰生の足の間に座って、後ろから抱っこするように腹部に手を回される。

「うぅ、熱いです」

「ぬる湯でのんびり派だからな、おまえは」

熱い湯のせいであわ立った潤の肌を擦《こす》ってくれながら泰生がクックッと笑う。

それでもしばらくすると、体も心もほぐれてくるようだ。後ろにいる泰生にもたれかかりながら、潤は満足げに長い息を吐いた。

「今日の撮影は雨のシーンだったんですか？」

「そ。サマーシーズンの撮影だから薄いシャツ着てさ。おれひとりなら一発ＯＫのはずだったのに、相手役の女が妙に緊張してＮＧ出しまくり。素人じゃないんだから、ちょっとぐらいの絡みで顔を赤くすんなって。撮影の間はずっと雨降らしっぱなしだったから、すげぇ寒くてさ」

潤は相づちを打ちながら、泰生と絡んだ女性モデルに少しだけヤキモチを焼いたが、同じくらい同情もした。どんな撮影かはわからないが、世界のトップをひた走るモデル『タイセイ』を前にして緊張しない人間は少ないのではないか、と。

「それより、今日はオトーサマといい話が出来たんだろ。何かいい顔してるしな」

「そう…ですか？」

いい顔ってどんな顔だろうと不思議に思って、潤は濡れた手で頬を触る。泰生の手でも頬や頭を撫でられて、ジェラシーでひんやりしていた心が急にほこほこ温まってきた。

「っと、茹《ゆ》だりすぎだな。頭洗ってやる、一回出るぞ」

いや、どうやら心だけでなく本当に体が温まっていたらしい。

自分で洗うという主張を却下されて泰生に頭を洗ってもらいながら、潤は先ほどの会食で父からされた母の話を語って聞かせる。

「ふぅん、すれ違いね。そうやって聞くと焦れってぇけど、人生って案外そんなもんだよな。っと、目ぇ閉じとけ、流すぞ」

並んで立ったまま、上手に洗ってくれる泰生のおかげで洗髪の間に父の話をした。温かいシャワーが頭からかけられるのにほっとしながら、泰生の達観した言葉に感じ入る。

「何にしても、諸悪の根源はバーサンたちだ。オトーサマもアイラも責任は全部そっちに押しつけとけばいいんだよ。まぁ、あの真面目なオトーサマはそんなことも出来ないか」

「そうですね。父は不器用な人なんだなって、最近になってよく思います」

「おまえも大概だがな」

苦笑されて、潤はしんなりと眉を下げた。

「親子ってことだろ。んな不服そうなツラすんな、可愛いから。ほら、いっちょあがり」

洗い上がった髪をざっとかき上げられて、背後にいる泰生と鏡越しに目が合う。

「今度はおれが泰生の髪を洗います！」

勢い込んで言うと、苦笑してシャワーヘッドを渡された。少し広くなっているバスタブの縁に座ってもらい、泰生の髪にシャワーをかけていく。裸身で泰生の前に立つのは恥ずかしいけれど、後ろに立つとバスタブの湯に泡が落ちるかもしれないので諦めた。泰生に少し前屈みになってもらい、丁寧に湯洗いしたあとシャンプーを始めるが、

「潤、シャンプーが落ちてくんぞ」

「すみませんっ」

泡が顔へと流れがちになって、泰生は眉間にしわを寄せている。

おかしい。先ほど少しも泡を落とさずに潤の髪を洗い上げた泰生のように、なぜ上手くシャンプーが出来ないのか。気のせいか、泡もあっちこっちに飛びまくっていた。

いつの間にか、潤の方こそぐっと眉根を寄せて真剣勝負で泰生の髪を洗ってしまう。

「おまえ、こういうとこはほんっと不器用だよな」

「すみません。あの、目を閉じててもらっていいですか」

「ん〜、それはもったいねぇからヤダ。んなとこに泡つけてんのって、何かエロくて眼福《がんぷく》だし」

笑いを含んだ声に下を向く。泰生がそんな潤の目をちらっと意識したあと、おもむろに顔を寄せてきた。泰生の唇が吸いついたのは、泡が飛んでいる胸の尖りだった。

「ひぅっ」

「うぇ、苦ぇ。やっぱシャンプーは甘くないか」

「何でそんな、ゃ、やぅっ……泰生、や…めてくださいっ」

泰生の口の中で乳首を舌先で転がされると、鋭い電気が走ったように体が硬直した。が、すぐにゆるゆると全身から力が抜け落ちそうになる。たまらず逃げようとするが、体に巻きつく長い腕が阻《はば》んだ。臀部《でんぶ》の上で交差する恋人の腕は、潤の体をさらに引き寄せさえする。

「うんんっ、ぃや、泰…せぇっ、ぁ、あっ」

スタンプを打つみたいに、感じる胸先に何度も小さなキスをされた。その度にちゅっと音を立てて吸いつかれるのも強い刺激となって潤を苛《さいな》む。

潤の弱点であるそこを攻められると、ひとたまりもなかった。

あっという間に潤の体には熱があふれてくる。胸の先から、腰の奥から、足下から、茹だるような圧倒的な快感がわき上がってきて潤の視界を眩《くら》ませていった。

「まだシャンプーの、途中な…の……にぃっ」

「仕方ねぇだろ？　泡でデコレーションされた乳首がすげぇ美味そうに見えたんだから」

「あっ、ぃやっ」

がじがじと甘く乳首を噛まれて、潤はぐんっと背筋を反らした。

潤の背中で組まれていた泰生の腕さえもいつしか悪戯を始めている。大きな手で臀部を包まれると、ザワザワとした官能の痺《しび》れが体中へ広がっていく。

「んー、何か甘くなってきた？」

「そんなわけ、あ……あっ、あぅ…んっ」

言葉通りに乳首を味わうように強く吸われて、立て続けに甘えた声がもれた。

「泰生、んっ……泰生っ」

臀部を揉み上げるような動きをされると、その度に、腕の力強さと奥に響くような快感のせいで踵が浮き上がった。バランスを崩しそうになって泰生の肩に手を置くが、シャンプーの途中で泡にまみれた手は肌を滑ってしまう。何とか両手で泰生の首に縋ると前のめりな体勢になって、乳首を愛撫する泰生をまるで大事に抱きしめているように見えるだろう。

自ら泰生の愛撫を欲している感じがして、恥ずかしくて、さらに煽《あお》られてしまう。

「ぁ、や、も…舐めない…でっ」

「次は吸って欲しいって?」

「ち…違…うっ、ぅんっ」

「わがままだな。んじゃ、噛んでやるよ」

「あー、あーっ」

バスルームに響き渡るような声に、自分自身が昂らされていく。

一度も触られていない潤の欲望は、すっかり頭をもたげてしまっていた。足からは力が抜け落ちて、それでも懸命に体を支えようとして膝《ひざ》がぶるぶると震える。反して、腰は淫らな反復運動を始めていた。

もしかしたら、屹立《きつりつ》に触られなくてもいってしまうかもしれない。

そんな恐れと興奮に潤が甘い吐息をもらしたとき。

「っ、待った。シャンプーが目に……うっわ、痛ぇ」

唐突にすべての愛撫がやんでしまった。小さな舌打ちのあと体から恋人の手が離れていき、潤はへなへなとその場にうずくまった。

反対に泰生は立ち上がって、シャンプーの泡をシャワーで洗い流していく。

「ぁ……っ、は、ぁっ」

中途半端で止められた快感のせいで、体が小刻みに震えていた。

泣きそうになって泰生を見上げると、泰生の欲望も兆しているのを見てしまった。その瞬間、心臓が大きく音を立てる。体がさらに熱を持ち、高まる快感が潤を甘く苦しめていく。

「待たせたな」

浅い呼吸を繰り返す潤の前に、泰生がシャワーヘッドを手にしゃがみ込んできた。

優しく声をかけられてほっとしたのも束の間、潤の体にもついていた泡を洗い流してくれるのだが、熱いシャワーが肌に当たる刺激にさえ快感は煽られていく。突き上げる官能のせいで腰が痙攣《けいれん》し、じっとしていられない体を泰生の腕が捕まえる。

「ああっ、っ……ダ…メ、ダメっ」

「こぉら、暴れんな。まだここにも泡が残ってんだろ?」

ことさら甘い声でシャワーの湯をかけられたのは、潤の股間だった。

「ああっ」

ガクガクと揺れる腰に熱い湯は集中的にかけられていく。

「シャワーを当てるだけで、んなやらしい声を出すなよ」

「ぁ、だっ…て、だっ……あ…ぅっ」

それでも、シャワーの刺激だけではどうしても達することは出来ない。

「泰…せ……泰生っ」

だからか、知らないうちに潤は先をねだっていた。泰生の腕に縋り、肩先に頬をすりつける。体中を満たす熱は出口を求めて狂おしく逆巻いており、苦痛と同等の快感に苛まれて潤の目からは涙がこぼれ落ちていく。

「ったく、おれの恋人はエロくて困るぜ」

嬉しそうに潤の涙を舌先で舐め取った泰生は、ようやく腕を伸ばしてくれた。

「ん――くっ」

シャワーの湯でさらに熱くなった屹立は、大きな手で包まれただけで潤の息を止める。一度、二度と強く擦り上げられて、あからさまに腰が震えた。

「ぁ、あっ……泰…生っ」

「あぁ。ほら、いけ――」

「っぁああっ」

耳元で囁かれた瞬間、潤はシャワーの中に吐精していた。

硬直のあと弛緩《しかん》して、潤はバスルームの床に手をつく。呼吸のたびに大きく上下する肩先に、泰生の唇が押し当てられた。ゆるゆると顔を上げると、

「次は体を洗ってやらなきゃな――」

泰生は蠱惑的《こわくてき》な微笑みを浮かべて潤を先へといざなった。


「うわ、うわ、うわぁ」

テーブルへ運ばれてきた三段重ねのケーキスタンドからこぼれ落ちんばかりに乗せられた軽食やデザートの数々に、潤ははしゃいだ声を上げてしまった。

ゴールデンウィークが始まったと同時に、潤は泰生とイギリスへと飛んだ。昨日の夕刻にロンドンへ着いて今日は二日目。潤は今、とてもイギリスらしい体験をしている。

朝からロンドンの美術館を巡って楽しみ、歩き疲れた夕刻に泰生が連れてきてくれたのが、潤たちが泊まっているホテルとは別のホテルにあるティーラウンジだ。

華やかさよりイギリスらしい重厚さが勝ったティーラウンジの明るい窓際で、真っ白いテーブルクロスの上にシルバーのティーセットが用意されていく様には本当にワクワクした。そし

て、最後に届いたのが豪華なケーキスタンドだ。

「すごいですね！　何から食べたらいいんでしょう！」

三段重ねの下からサンドイッチ、スコーン、そして最上部の皿にケーキや焼き菓子が並んでいる。まるで芸術品のような数々に、手をつけるのがもったいないくらいだ。

「……何で笑ってるんですか」

しかし向かいのソファに足を組んで座る泰生は、我慢出来ないように笑いをこぼしている。

紺色のジャケットに九分丈のチノパンをはいた泰生は、赤いストライプの白シャツにストールを巻いて、他のテーブルの客はもちろんスタッフからも熱い眼差しを送られていた。ハイクラスなティーラウンジだからか、写真を撮るような客がいないのがさいわいだ。

「興奮具合が、まんま子供みたいだと思ってさ。いや、喜ぶだろうとは思って連れてきたが、ここまではしゃいでくれるとおれも嬉しいぜ」

「だってまだ子供ですから」

むぅっと泰生を甘く睨《にら》んで、潤は言葉尻を捉えてちょっとした反逆を試みる。

二十歳になったら酒やたばこが認められる大人だというのなら、それまでは子供ということだろう。あと四日ほどで二十歳の誕生日を迎える潤は今はまだ十九歳。だったら潤は子供で、豪華なケーキスタンドに興奮してもいいはずだ、と。

が、言ってすぐに後悔した。そういう考え方も反逆の仕方もまさに幼い子供ではないか。泰生はというと、ソファの肘《ひじ》かけに突っ伏すみたいに笑い悶《もだ》えていた。今度は泰生を睨むことも出来ず、潤は耳まで顔を赤くしてミルクティーを飲んでひたすら笑いが収まるのを待ち続ける。

「悪ぃ悪ぃ、墓穴を掘る潤があまりに可愛くて笑いが止まんねぇ……っくく。先に食べてろ、順番は基本的にスタンドの下の皿からだ。が、別に好きに食べても咎めらんねぇだろ」

笑い交じりに泰生が教えてくれて、潤はケーキスタンドの一番下にあるキュウリのサンドイッチに手を伸ばした。泰生が笑い終えるのを待つのはやめることにする。

「あ、美味しい！」

ひと口大サイズのサンドイッチはパンがしっとりして味がある上に挟まれているキュウリが爽《さわ》やかでとても美味しかった。少し早めの夕食と言ってもいい時間だったこともあって、サンドイッチはあっという間になくなっていく。途中でスタッフにサンドイッチのお代わりを訊ねられ、危うく頷くところだった。

「本命のスコーンも食べていないのに、サンドイッチでお腹いっぱいにするところでした」

白いナプキンで保温されていたスコーンを手に取り、潤は反省を口にする。

泰生もついさっきまで笑っていたのに、もう潤に追いついてスコーンにナイフを入れていた。潤も泰生を真似して、まだほんのり温かいスコーンを横にスライスした。

「クロテッドクリームって美味いんだけど、カロリーを考えると恐ろしいんだよな」

そう言いながらもスコーンにたっぷりのクロテッドクリームを塗っている泰生に、潤は忍び笑いをもらす。モデル業界でトップに君臨する泰生は、普段の生活でも節制を欠かさない。そんな泰生であっても、スコーンとクリームの魅力には勝てないのかと面白かった。

わずかにクリーム色をしたクロテッドクリームは、生クリームのようなバターという見た目で非常にこくがあって美味しいのだが、乳脂肪分がバター並に高い、カロリー過多な乳製品だ。

今回のイギリス行きで、潤が食べるのを楽しみにしていたもののひとつだった。

泰生より少なめにクロテッドクリームを載せて潤がぱくりと囓《かじ》りつくと、

「へぇ、潤はコーンウォール式ジャムファーストの食べ方なんだな」

泰生が自分のスコーンを見せてくる。スコーンにジャムを塗ってクリームを載せた潤とは反対に、泰生のにはクリームの上にジャムが載せられていた。

「おれは断然デヴォン式だな。ジャムが上に乗ってる方がきれいじゃね？」

白いクロテッドクリームの上に真っ赤なゼリーのようなストロベリージャムが載っている様は、確かに美しい。泰生だからこその見方だなぁと感心しながら潤はスコーンを頬張った。

大学での授業でちょっと聞いたことがあるが、イギリスにはミルクティーの飲み方でカップにミルクと紅茶のどちらを先に入れるかという論争があるらしい。これも、スコーンにジャムとクリームのどちらを先に載せるかというのと同じように楽しい論争なのだろう。

「うう、もう何も入りません……」

紅茶を何杯もお代わりしてアフタヌーンティーを楽しんだが、最後の皿にあった焼き菓子たちはさすがに幾《いく》つか残してしまった。途中でスタッフから勧められたヴィクトリアンケーキなるイギリスを代表するデザートを別メニューでオーダーしたせいもある。

「あれだけ食べればそうだろ。つぅか、勧められても断れ。潤は自業自得だ」

「でも美味しかったので、食べたことに後悔はしていません！」

「そんなに苦しそうにしてて、威張って言うことか」

ロンドン名物であるクラシカルな黒塗りタクシー・ブラックキャブのシートにふん反り返る潤に、泰生が呆れた眼差しを向けてきた。

潤たちがロンドンデートの最後に向かったのはリージェンツ・パークだ。

腹がくちくなったために少し歩きたいということで、街中より気持ちいいだろうと公園の散策を選んだ。公園へタクシーで向かうのも何だかおかしな話だが、ティーサロンが入るホテルの周辺が高級ブティックの並ぶ通りだったせいで、うるさく騒がれるのを嫌った泰生がさっさとタクシーを捕まえたのだ。

「ティーサロンにいたときは今にも雨が降りそうだったのに、天気になってよかったです」

ロンドンの北に位置するリージェンツ・パークに降り立ったのは午後七時を回っていたが、外はまだ昼間のように明るかった。ロンドンのこの時期の日の入りは、日本よりずいぶん遅くて午後八時半近くにもなる。

「イギリスは、恐ろしいほど天気がころころ変わるからな」

「話には聞いていましたが、本当なんですねぇ」

昔は王族の狩り場だったという緑あふれる公園は、敷地内に湖や野外劇場や動物園、果ては大学まであるのだから日本の公園とは規模が違う。

夕空へとゆっくり移り変わっていくなか、散歩やジョギングを楽しむ人々とすれ違いながら、泰生と公園の遊歩道を歩くのはまた格別だった。

たぶん泰生は、今回のロンドン行きでおれがとても緊張しているのを見抜いてるんだろうな。のんびりした歩調で隣を歩く泰生を潤はそっと見上げる。

今日はあちこち忙しく連れ回されたが、それは三日後に控えたパートリッジ家との会食に身構える潤に、考える間を与えないためではないだろうか。

イギリスには泰生の仕事についてきたというのもあるけれど、第一の目的は母に会うためだ。母と会うことには以前より抵抗はないとはいえ、それでも目前に迫ってくると不安な気持ちも押し寄せてくる。そのせいで、イギリスへと向かう飛行機の中でもうまく眠れなかったし昨夜も睡眠は浅かったのだが、泰生はそんな潤に気付いていたようだ。

でも、今日はいろいろと考える間もなく寝てしまいそうだ。

歩き回って疲れたのもあるが、何よりロンドンを堪能《たんのう》出来て楽しかった。

観光地を人気モデルの泰生と一緒に歩くと人に囲まれて大変なため、今日のロンドンデートは静かな美術館を回ることになったのだが、大学でちょうど勉強していることに関係する絵画も見られたし、泰生と一緒に絵についてあれこれ話すのは有意義な時間だった。

「あの、泰生。今回のイギリスでの仕事ってもしかして……」

以前、泰生にイギリス行きの話を聞いてから、潤はずっと思っていたことがあった。

この時期に泰生がイギリスでの仕事を入れたのは潤のためだったのではないだろうかと。忙しい泰生がゴールデンウィークの期間に二日間だけしか仕事を入れていないのも解《げ》せない。

「何だ？　何か言ったか」

すれ違う散歩中の犬と楽しげにアイコンタクトを交わしている泰生に、潤は首を振る。

「……ううん、何でもないです」

訊ねてみようかと思ったけれど、泰生が何も言わないのだからこのまま聞かないことにした。

今回の件については本当に泰生には迷惑をかけたし、多くの気遣いももらって申し訳ない気持ちでいっぱいだが、そんな泰生に潤が返せるものといったらいつだって前へ立ち向かうことだろう。以前、そんな潤が好きだと言ってくれたように、母と会うことにも会ってからも、出来るだけ後ろ向きにならずに頑張ろうと心に誓った。

泰生がいてくれると、おれって何でも出来る気がする……。

自らの泰生好きを改めて認識して苦笑していた潤だが、ふと歩みを止める。

「あっ、今何か――…泰生、リスです！」

遊歩道から外れた広場の奥に何か動くものを見つけたのだ。

目を凝《こ》らすと、見つけたのはグレーのリスだった。日本でよく知られたシマリスよりずいぶん大きい気がするリスは、しっぽがふさふさしていて何とも愛らしい。

「お、やっといたか。夕方だからもういないかと心配してたんだ」

潤の声に泰生がさっさと遊歩道から外れていく。潤もワクワクして後に続いた。

「ロンドンの公園にはリスがいるんですね。こんなに近付いても、全然逃げませんよ」

「潤、手ぇ出してみな」

潤たちが一メートル近くにまで歩み寄っても、リスは後ろ足で立ったままこちらを見つめるばかり。むくむくと暖かそうな毛皮の後ろにはくるんと丸まった大きなしっぽが見事だ。

潤が見とれていると、泰生がジャケットのポケットからビニールの包みを取り出した。差し出した潤の手に載せられたのは、殻《から》のついていないピスタチオナッツだ。

「リスの大好物だぜ。やってみろよ」

言われた通りに、まずひとつをリスの近くに置いてやるとすぐに長い爪で取り上げて、その場で食べ始めた。

「泰生、泰生っ。可愛いですっ」

潤はリスを驚かせないように小声で興奮した声を上げた。緑のピスタチオナッツを両手で持って食べる姿は大きな声を上げたくなるほど可愛い。

「でも、ピスタチオなんてよく持ってましたね」

「さっきのティーラウンジで分けてもらった。ケーキの代わりにこっちをな」

にやりと笑う泰生に、そういえば焼き菓子の中にピスタチオケーキがあったのを思い出す。公園へ行くことになって、泰生が機転を利かせたらしい。いや、店員も持ち帰りが出来るケーキではなく材料であるピスタチオを分けてくれたのは、ひとえに泰生が頼んだからだろう。

「あー、もう少し暖かくなったらもっと気持ちいいんだろうけどな」

そう言いながらも泰生が芝生にごろんと横になって、リスと同じようにピスタチオをつまみ始める。自分の食料を横取りされて、気のせいかリスの視線も恨めしそうだ。

泰生の自由奔放《ほんぽう》さにはつい笑みがこぼれた。今日はタイなしのカジュアルスーツを着ている潤は一瞬考えたが、アウターのコートを腰の下に敷いて隣に座ることにした。

見上げる青空には夕焼けの色が混じり始め、差す光も薄い黄金色へと変化して、影も長くなってきた。時間も時間だからか、遊歩道から外れた芝生の広場には潤たちの他には特に人の姿は見当たらない。ずいぶん遠くに見える緑の丘で、犬と一緒に寝転んでいる人がいるくらいだ。

「潤も食べるか？」

持っていたピスタチオをすべてリスへ渡してしまった潤に、泰生が指を差し出してくる。受け取ろうと伸ばした手は、しかし泰生に摑《つか》まれて引っ張られてしまった。思いの外強い力だったせいで、泰生の懐に転がり込んでしまう。

「お、なかなか暖かいな。おれの毛皮は潤でいいや。いや、これこそ天然の毛布だろ」

「泰生っ、やっ……」

慌てて起き上がろうとするが、背中に回った大きな手が阻む。

「こぉら、動くな毛布。心配しなくても、誰もこんなところまで入り込んでこねぇって。それに、ロンドンなんだから見られて困るような知り合いもいないだろ」

「ユ…ユアンがいるじゃないですか」

「あー、それがいたな。だが、あんな潤にでれでれの弟に見られたからって困ることないだろ」

「困るんじゃなくて、恥ずかしいんですっ」

「それが楽しいんじゃねぇか。んで？　ピスタチオ、いらねぇのか？」

言って、おもむろに泰生がピスタチオを咥えてみせる。

そこから食べろというのか。

舌の上に載せたまま潤の出方をにやにや見ているような泰生を、潤は甘く睨んだ。

「ん」

これならいいだろとばかりにピスタチオを舌の上から掬《すく》って唇の先で挟み直した泰生に、潤は周囲をそっと見回す。覚悟を決めて、泰生の頭の方へと伸び上がった。小さなピスタチオだ。泰生の唇に触れずに取るのは難しいと思ったとき、潤の後頭部に恋人の手が回った。

「んんっ」

下から伸び上がるようにキスをされる。慌てて泰生の頭の横に両手をついて体を支えた。柔らかく食《は》むように唇をついばまれ、首の後ろがザワザワして落ち着かなくなるが、後頭部から首の後ろへと移動した大きな手はキスをさらに深いものへいざなっていく。

目を開けると、美しい夕焼けの公園が見えるのが恥ずかしい。それでも、口の中へ押し込まれたピスタチオの粒を舌の上で誘うように転がされると、潤はつい喉を鳴らしてしまった。

「う……ん、んっ」

ピスタチオを間に挟み舌を絡め合ったり、奪われたピスタチオを取り返しに泰生の唇へと舌を伸ばしたり。最後にようやくピスタチオをもらって、潤はゆっくり体を起こした。

「美味いだろ」

パキンと奥歯で粒を割った音が、ずいぶん大きく聞こえた気がする。

「……いいお店のピスタチオだから美味しいに決まってます」

からかう声に、潤はそっぽを向いてピスタチオを飲み下した。寝っ転がったままの泰生がにやにや笑うのが悔しい。辺りの空気は一段とひんやり冷えてきたのに、潤の体はすっかり熱くなってしまった。気付くと、いつの間にかリスもいなくなっている。

「さて、そろそろ帰るか」

よっと勢いよく起き上がった泰生の言葉に、とたん潤は名残惜しい気持ちになった。

泰生の仕事は明日から二日間。しかも泊まりのため、夜は潤ひとりでホテルですごすことになる。昼間はユアンと遊ぶ約束をしているとはいえ、寂しい気持ちはなくならなかった。

楽しい時間はあっという間にすぎるんだなぁ……。

ぼんやり座り込んでいる潤を、泰生が片手で引き起こしてくれる。

「帰りは夜景を見て帰ろうぜ。ここからだったらウェストミンスター寺院に行ってビッグベンからロンドン・アイ、ついでにタワーブリッジまで足を伸ばすか。大回りになってもいいだろ」

潤は賛同の声を上げたが、すぐに考え込む。

「でもでも、タワーブリッジってロンドン塔の近くでしたよね。ロンドン塔って、未だに幽霊が出るって本当でしょうか」

「よしよし。ロンドン塔も夜景ツアーに組み込もうか」

意気揚々《いきようよう》と遊歩道へと戻っていく泰生の背中を、潤は悲鳴を上げて追いかけた。

窓越しにテムズ川が見えるリビングスペースの大きなソファに泰生が座っていた。

とろんとなめらかな黒のシルクシャツにブラックデニムをはき、首や手首にチャームがついた革紐を幾重にも巻いている泰生は、部屋を行ったり来たりする潤を眺めていたと思うと。

「潤、ちょっと来いよ」

あまり機嫌のよくない声で呼びつけた。

潤はさりげなく腕時計で時間を確認してから歩み寄る。泰生の前に立つと急に腰を抱き寄せられてしまい危うくバランスを崩しかけ、慌ててソファの背もたれに両手をついた。

「もう、泰生。出かける時間なんですよ」

まるで泰生に迫るような格好が恥ずかしいのもあって、潤は頬をふくらませてみせる。

「だからだろ。行ってきますのキスもなしに出かけようとしやがって」

「それはっ、だって泰生が朝からお風呂であんなことをするから時間がなくなって！」

「あぁ？　朝にめっぽう弱い潤をおれが懇切丁寧《こんせつていねい》に洗ってやったんじゃねぇか。そしたら潤が変に反応して、あんあん言い始めたんだろ？　甘えた声で『もっともっと』って首に縋りついてきたくせに」

「そっ、そんなこと言ってませんよっ！」

にやにや笑う泰生に、潤は顔を真っ赤にして否定する。

昨日はのんびりロンドンを満喫したが、今日と明日は泰生は泊まりで仕事、地方のマナーハウスで撮影があるという。まさにイギリスらしい仕事に潤はちょっとだけ羨ましくなったが、その間潤はユアンと会うことにしていた。泰生とはまったくの別行動ということになる。

「朝のバスルームじゃあんなにおれに甘えてきたのに、終われば何だよ、その態度。ユアンと遊びに行くって、いかにも楽しそうにそわそわしやがって。おれはこれから仕事だってのに」

腰を抱き寄せられる力が強くて、潤はさらにソファの座面に片膝をついて体を支えた。

「面白くねぇ」

「泰生～」

泰生の言う通り、つい朝からバスルームで時間を費やしてしまい、ユアンとの約束の時間に遅れそうになったのだ。だから準備に慌ててしまった。仕事へ行くはずの泰生は後しばらくしないと迎えは来ないらしく、まるで潤が泰生を置いてけぼりにして出かけるみたいだ。

そう思うと急に居心地が悪くなって、潤はソファについた膝をもぞもぞと動かした。

泰生のふてくされたような態度が本心かは判別がつかないが、このまま出かけてしまっては寝覚めが悪い。ユアンとの待ち合わせは十時半頃と曖昧《あいまい》で、今は一応の約束の十分前。さいわいにも待ち合わせ場所はホテルの一階ロビーだ。泰生もそれがわかって絡んでくるのかもしれない。ユアンには申し訳ないがほんの少しだけ時間をもらうことにした。

何より、こんな泰生を放って出かけられるわけがない。拗《す》ねたようで可愛いなんて思ったら怒られるだろうか。こんな泰生は新鮮で胸がドキドキした。

「泰生、ちょっと手を離してください」

「やだね」

「だってこの格好だと、ぎゅって……出来ないです」

ほんの些細《ささい》なバランスの違いだろうが、いつもとは違う感じで泰生に抱かれているため、何となく重心が悪くて不安定だった。もっと泰生ときちんと抱き合える格好がいい。

潤が言うと、ようやく少し泰生の腕が緩む。いそいそと泰生の片方の腿《もも》に座る形で落ち着いた。泰生が潤を背中から抱き寄せ、バランスを取るために潤も泰生の首へと手を回す。

「今日の、マナーハウスでの撮影ってどんな感じなんですか？」

「あー、何とか協会からの要請で、今どきのイギリスでのすごし方だな。ハイソサエティー限定で開放しているマナーハウスがあるらしい。ラグジュアリーな休日ってテーマなんだと」

「へぇ、だから一泊二日での撮影なんですね」

だから今夜は寂しいけれど、この仕事を終えたら泰生は完全オフだ。イギリスにいる間、あとはずっと一緒にいられるのだからひと晩くらいは我慢出来る。

「んで、潤は今日はどこに行くんだ？」

「イギリスらしいところに行きたいって言ったら、バッキンガム宮殿の衛兵交代式に誘われました。赤い二階建てのバスにも乗りたいし、トラファルガー広場にも行ってみたいです！」

「まさにロンドン観光の見本コースだな。明日もユアンと会うんだろ？」

「大英博物館に行く予定です。朝一番に入ると、人がまだ少なくて見られるって話ですし！」

「ふぅん、楽しそうだな」

「あ……」

せっかく少し機嫌が直っていたのに、またそのセリフを泰生の口から引き出してしまった。固まる潤を泰生はじっとり見ていたが、突然小さく噴き出す。

「まぁ、いい。楽しんでこい」

笑いを納めた泰生が、潤の髪を引っ張ってくる。泰生の顔を見下ろしていた潤は、引っ張られるままに顔を近付けた。

「ん……」

唇の先が触れ合うだけでは許されず、泰生は深いキスをしかけてくる。ようやく唇が解けたのは、すっかり息が上がった頃。体も熱くなって、潤は慌てて泰生の腿から立ち上がった。

「それじゃあ、行ってきます！　泰生もお仕事頑張ってください」

これ以上泰生の傍にいると、出かけられなくなる。

いそいそと歩き始める潤を、泰生は先ほどとは打って変わってにやにやとした顔で見送ってきた。一度だけ潤が振り返ると、ひらひらと手を振られる。

「唇を拭いとけよ、マイハニー」

見送りの言葉にしては色っぽいものだったが、身に覚えがあるだけに潤は顔が熱くなった。教えてくれたのはありがたいが、見せた意地悪な顔とともに非常に恨めしい。

手の甲で乱暴に唇を拭きながら、レトロなエレベーターへと乗り込んだ。

「あぁ、三分も遅刻だ」

腕時計を確認して、潤は眉を下げる。いや、三分で済んだのだと思い直して、エレベーター内にある鏡で最後の身だしなみチェックをした。

ラグジュアリーなホテルでカジュアルすぎる格好はNGのため、今日はシャツにジレを着込んだネクタイ姿。それでも下だけはきれい目のデニムをはいて、フードつきのコートを外で羽織るつもりで持っている。

潤たちが宿泊するホテルにはドレスコードはないけれど、デニムやスニーカーは禁止だと公言しているホテルもあるという。イギリス王室御用達で王族も利用するホテルだと考えれば、そうおかしなことでもないのかもしれないが。

「ごめん、ユアン！　遅くなりました。ずいぶん待ったよね？　本当にごめん」

「大丈夫だよ。それほど待ってないから」

遊びに行くはずだったのになぜかきっちりスーツを着ているユアンは、どこか上の空で返事を返してくる。どうしたのかと不審に思っていたら、意を決したようにユアンが口を開いた。

「あの、ジュン。実は父が一緒に来ているんだ。ちょうど近くで仕事があったらしくて。挨拶をしたいって言うんだけど、会ってくれるかな」

「ユアンのお父さん？」

ということは、母の夫というわけだ。今、母の隣に立っている人――。

とたんに潤は緊張してきた。気持ちの準備もなく、突然現れた重要人物に口の中が渇いていくようだ。が、心配そうにこちらを見つめるユアンに覚悟を決める。

「うん。こちらにいらっしゃっているなら、おれも挨拶がしたい。紹介してくれるかな」

潤の返事に、ほっとしたようにユアンが息をついた。

ユアンと一緒に白黒の市松模様の床を歩いて向かったのは、ホテル内にあるティーサロンだ。サロン中央にある鳥かごを模したようなガゼボにはグランドピアノが配されており、贅沢なホテルでも特に印象的な空間だった。

背筋を伸ばしたユアンが歩いていく先に、イギリス人らしい壮年の男性が座っている。きれいに撫でつけられた金髪に青い瞳、背も高くて恰幅《かっぷく》もいい。彫りの深い顔立ちはノーブルで、椅子に座って潤たちを待ち受ける姿は、しかしどこか傲慢な印象も受けた。

そうだ。彼は貴族なんだ。えぇっと子爵《ししゃく》だから、ミスタージャなくロードと呼ぶんだっけ?

さらに緊張してくるようで、汗をかいた気がする手をそっと後ろに回してデニムで拭う。

「お待たせしました。父さんにジュンを紹介します。父さん、彼がジュン・ハシモトです。ジュン、この人がぼくの父、ジョセフ・パートリッジ、第六代パートリッジ子爵です」

ユアンに紹介されて、潤はユアンの父・ジョセフと挨拶と握手を交わす。立ち上がると、ジョセフが泰生並みに背が高いのがわかった。

「ふむ、写真で見た以上にアイラに似ているな。ユアンが懐くのもわからないではない。さぁ座りなさい。ちょうど今、ホテル内の別のレストランで出しているデザートを特別注文したところだ。間もなく届くだろうから、お茶の時間としよう」

「ですが父さん、ぼくたちはこれから衛兵交代式を見に行くんです。だからあまり時間が――」

「バッキンガム宮殿へ行くのか？　だったらそう急ぐこともあるまい。あれは昼まであるのだから。いいから、座りなさい」

表情ひとつ変えず、命令しなれた口調や有無を言わせない声音はしごく貴族的だ。ジョセフは老舗《しにせ》ツイードメーカーの社長と聞いていたが、それよりもイギリスのテレビで見かける上院議員といった政治家の雰囲気が強い。

「ジュン、いいかな」

硬い声で訊ねてくるユアンに、潤も緊張気味に頷く。

潤たちがいるのは、ティーサロンの奥――格子状の窓枠が美しいガラスのドアを閉めると個室になる特別室だ。席に座ると間もなくティーセットが運ばれてきて、一緒にデザートプレートもテーブルに並んだ。

「イギリスの伝統的な菓子にプディングがある。いろんな場所で食べられるが、このホテルのプディングは実にイギリスらしい味だ。ジュン、君も食べてみなさい」

日本のプリンとは違い、イギリスでプディングというと材料次第でデザートにも食事にも変わる不思議な料理だ。今潤の前にあるのは、クリームの海に浮かぶ焦げ茶色のケーキというシンプルな見た目で、シナモンの香りがするレーズン入りの蒸したスポンジケーキとカスタードクリームの甘さが美味しいデザートだった。何より、ケーキもクリームも温かいことに驚いた。

これからいったいどんな会話が交わされるかとドキドキしていたが、ジョセフはイギリス人らしく天気の話から入ってそつのない世間話へ移行し、場はしばしば盛り上がる。

「大学では英語を専攻しているのだったな。こうして日常会話に困らない程度には話せるのだから、優秀なのだね。聞けば、他の学科もいい成績らしいじゃないか」

以前ユアンが言った通り、潤のことは調査会社に調べさせていたためだろう。潤が言わなくてもよく事情を知っていた。それは、ちょっと怖くもあったけれど。

「そうだ。せっかく英語を勉強しているのだ。こうして縁も出来たのだから、これを機にこちらへ留学してみたらどうだろう。今年の夏休みをイギリスですごすのも悪くないはずだ」

薄い笑みをたたえてジョセフが提案する話に、ユアンの顔がぱっと喜色《きしょく》に染まる。

「そうしたらいいよ、ジュン。ぜひイギリスに留学して！　うちのタウンハウスから通えば、ロンドン市内の大学なら大丈夫だしっ」

「ユアン、興奮しすぎだ」

ジョセフに冷ややかにたしなめられ、ユアンは恥ずかしげに口を閉じる。その後に浮かんだ内面を感じさせないクールな表情は、父・ジョセフにそっくりだった。

先ほどから、ユアンはジョセフの隣でこんな風に分別顔でかしこまっていた。父親の前だとつい行儀よくしたくなるとかいう微笑ましいたぐいではなく、ユアンにとって父親は畏縮《いしゅく》してしまうような存在なのかもしれない。古い格式を受け継ぐにふさわしい、上品ではあるが高圧的な態度のジョセフには、潤もつい気持ちが萎《しぼ》みがちになる。

普段、ユアンがなるべく感情を見せようとしないのは、ジョセフがそうであるように、イギリス貴族の慣習が影響しているのかもしれない。

「どうだろう、ジュン。ユアンの言う通り、留学の間はうちで面倒を見よう。まずは今年の夏休みだ。ユアンも休みだし、一緒にイギリスやヨーロッパを回っても楽しいだろう」

テーブルに肘をついて組んだ手の上に顎を乗せるジョセフは、目を細めて上機嫌に語る。

「すみません、まだ先のことは何も考えていないのでお答えすることは出来ないのですが」

「だったら、今考えなさい。何を迷うことがある。こんなに条件が整った留学の機会など滅多にないはずだ。イギリスに留学した際は大学へ通いながら、うちの会社でインターンシップを体験させてやってもいい。君は、将来はファッション方面へ進むつもりなのだろう？　だったら、貴重な社会勉強になるはずだ」

ジョセフの隣でユアンがほんの少し表情を変えた。ハラハラした顔で父親を見つめている。

「いえ、パートリッジ卿。おれはファッション業界に興味があるわけではないので、お誘いは

「大変嬉しいのですが——」

「何を言っている。私は知っているよ。最近、よく業界のいろんな場所に顔を出しているそうじゃないか。今年のミラノしかり、昨年のパリではあの『ドゥグレ』のパーティーに出席したらしいな。いや、すばらしいよ。しかも、あのギョーム・Y・ド・シャリエ氏と親しいとはね」

「あの、父さん。いったい何を言い出すんです？」

「ユアンは黙っていなさい、大人の話に口を出すんじゃない。ジュン、実はシャリエ氏とは私も一度話をしたいと思っていたんだ。どうだろう、今年の夏休みはパリでシャリエ氏も交えて食事をするというのは？　うちの会社にもすばらしい結果をもたらすことになるだろう」

訝《いぶか》るユアンを一蹴して、ジョセフは興が乗ったように語り出した。

「君はもう少し自分の価値を見直すべきだ。君が親しくしているシャリエ氏は、フランスは元より世界を席巻する一大ブランド『ドゥグレ』の最高顧問だぞ。それに、日本の大手アパレルメーカーのエノキ氏とも親交があるらしいじゃないか。彼も我々の業界に与える影響は大きい。そして今や業界のトップモデルとして知らないものはいないタイセイは、偉才の演出家として注目を集め始めている。さらには、この私だ」

弁舌を振るうジョセフは初めて感情を面に出した。胸を張り、自慢げな微笑みを浮かべる。

「イギリスでも有数のツイードメーカーである我が社は歴史も古い。手紡ぎ、手織りで丁寧に作っているために大量生産は出来ないが、それが自慢でもある。最近ファッションショーでも使われるようになってようやく脚光を浴び始めたが、もっともっと評価されていいはずだ」

そうだろうとばかりに視線を寄越されて、潤は曖昧に頷いた。ジョセフが何を言いたいのかまだはっきりしないが、あまりいい雲行きには思えない。

「周囲にこんなに多くの重要人物を侍《はべ》らせておいて、ファッション業界に興味がないなど愚か者の言うことだよ。もっと賢くなりなさい」

「父さんっ、やめてください。ジュンをそんな風に言うのは失礼です！」

潤がぎゅっと眉を寄せたとき、ユアンが抗議の声を上げてくれた。

「ユアン、大きな声を出すなどみっともないぞ。沈黙が保てないなら出て行きなさい」

「父さんっ」

「早く――」

ジョセフがガラスのドアを指して退出を促す。決して声を荒げたり怒った顔をしたりしていないのに、ジョセフの声には逆らうことを許さない絶対的な響きがあった。ユアンは一瞬だけたまらないように顔を歪めたが、すぐに表情を取り繕って立ち上がる。

「――失礼しました」

潤とジョセフに一礼して、ユアンが足早に出ていく。無表情のその顔はひどく青ざめていた。

思わず追いかけていきたくなったがそうもいかない。

「愚息が失礼したね。まだ若いせいか、落ち着きがなくていけない」

「いえ。ユアンはとてもいい少年です、すごく……」

取りなしたくても、ジョセフが全身でそれを拒絶しているのが伝わってくる。必要がないと思われているのか、関係がない人間の口出しを嫌ってのことかはわからなかったが、言葉を続けられなかったことが心底歯がゆかった。

「ふむ、お茶がぬるくなったな。替えてもらおう」

ジョセフの微小な合図にすぐにスタッフが反応して近付いてきた。シルバー製のティーセットが交換されるのを潤は無言で見守る。ジョセフが慇懃《いんぎん》すぎて、話のとっかかりがまったく摑めなかったせいもあった。元より、コミュニケーションに長《た》けている方ではない。

「——さて、どこまで話したかな。そう、ジュンの知人は大物が多いという話だったか。いったいどこをどうすればあんな大物ばかりと親交を深められるのか。秘訣でもあれば教えて欲しいものだ」

碧眼に見つめられて、潤は秘訣などないと小さく首を振る。潤の返事は予想通りだったのか、ジョセフは大して反応することもなく先を続けた。

「まぁ、その中でも私が注目しているのはやはりシャリエ氏だな。彼とつなぎを取りたいと思う人間は業界に山のようにいる。私は幸運だな、シャリエ氏と親交の深いジュンが、義理とはいえ息子になるのだから。私のために便宜を図ってくれるだろうね。なに、難しいことを頼むわけではない。近いうちにシャリエ氏と食事の席を計画してくれるだけでいいのだから」

居丈高に語られる内容はジョセフの中でもう決定事項なのか、時期は今度の夏休みがいいだろうなどと言い始める始末。シャリエ氏へはいつ連絡するかとまで問われて、潤は慌てた。

「待ってください。それは出来ません」

「出来ない？　まさか」

ジョセフはわずかに眉根を寄せただけだが、威圧感はぐんと増す。潤はゴクリとつばを飲み込んで、ジョセフの目をしっかり見返した。

「ペペギョーム――シャリエ氏とは確かに友人です。純粋にただの友人なんです。だからこそ、シャリエ氏との間に何らかの利害が絡む事柄を挟みたくありません。パートリッジ卿には申し訳ないのですが、紹介することは出来ません」

潤が話すにつれて、ジョセフの顔に不愉快な色が増えていく。これまで感情をあまり見せなかったゆえに、険のある表情はインパクトがあった。口の中が渇いてしゃべりづらくなる。

「信じられないな、君には情がないのか。家族より友人を大事にしたいなんて」

「いえ、決してそういうわけでは……」

「いいや、君が今言ったことはそういうことだ。自分の母や弟より友人が大事だ、と。それは少し薄情ではないかね。シャリエ氏と親交を持つことは、我が社の発展に大きく関係することだ。ひいては君の母や弟のためでもある」

　ジョセフの言葉に、潤は唇を嚙む。そんな潤に、ジョセフはさらに切り込んできた。

「ここだけの話だが、実は我が社の業績はこのところ横ばい状態でね。私も少々頭を悩ませているんだよ。この状況を打破するきっかけを作れないかといろいろと手は打ってみたがね。だからそういう意味でも、シャリエ氏との接触は大きなチャンスと言えるのだ」

「パートリッジ卿……」

「君は、アイラのことはもう許しているのだろう？　確かに昔いろいろとありはしたが、君ももういい大人だ。過去のわだかまりはなかったことにしてアイラのために動いてくれないかね。将来、我が社を継ぐだろう弟のユアンを助けてくれないか。頼むよ」

　ジョセフは頼むと言いながらも、少しも謙虚さを見せなかった。椅子に深く腰かけて尊大に構えたまま威圧するようなジョセフから、潤はそっと視線を外した。

　アイラやユアンのことを持ち出されると非常に心苦しかった。パートリッジ家が所有する会社の業績が伸び悩んでいるせいで、ジョセフが強く訴えてくることもわかった。が、それでも潤の答えは変わらない。いや、変えられなかった。思惑を持って会いたいと望むジョセフを、大切な友人であるギョームに紹介は出来ない――。

「パートリッジ卿、本当に申し訳ないのですが、やはり無理です。ですが、その件と母に対するわだかまりとは何の関係もありません。理由は最初に言った通り、シャリエ氏は友人ですからこちらの都合で一方的に面会を求めるようなことは出来ないのです」

潤の返事に、今度こそジョセフは憤りに近い感情を見せる。震え上がりそうになるのを我慢して、潤は急いで言葉を継いだ。

「ですが、シャリエ氏にパートリッジ卿の話をしてみようと思います。それで会いたいと話が出たら、食事の席を計画するというのはどうでしょう?」

「ずいぶん不確かな計画だな。それで本当にシャリエ氏が会ってくれるのか? 可能性の話程度でお茶を濁すつもりではあるまいな」

「そんなことはありませんっ」

「ふん、どうだかな。君は、これまで私が何もせずにいたとでも思うのか。シャリエ氏――ひいては『ドゥグレ』には、こちらから何度も接触を図っているのだ。私が望んでいるのは確実にシャリエ氏と会う方法だ。君の力でシャリエ氏と橋渡しをしてくれと頼んでいるのだ」

「……それは難しいです」

潤は奥歯を噛んで首を横に振った。ジョセフはあからさまにため息をつく。びくりと体が震えたが、どう言われても返事は変えられなかった。だからこそ、ジョセフの要求を無下にすることがつらくて、潤は思い悩む。

「あの……業績が横ばいとおっしゃるのなら、泰生に企業の演出をお願いするというのはどうでしょう？　演出家の泰生の元には今いろんな依頼が来ていますが、その中でブランドの再構築という依頼は少なくないです。再ブランディングと言うらしいですけど」

考えに考えて、潤はようやく口を開いた。

「泰生が仕事として引き受けてくれるかどうかはわかりませんが、提案することなら出来ます」

「ふむ。だが、彼は確かに成功めざましいが、報酬《ほうしゅう》もバカ高いと聞くじゃないか」

「それは……」

そこを突かれると、潤も口が重くなる。

泰生の演出の仕事には潤も少々詳しくなったが、報酬など金銭に関しては今でもまったくのノータッチだ。しかし泰生のこと、高い金額に見合うだけの成果を出すのだろうと思うのだが。

「あぁそれとも、君が頼むのだから、その辺りもどうにかしてくれるというわけかね。だったら、悪くはない。うちには余分な資金はいくらもないのだからね」

ジョセフのセリフに、潤は一瞬ぐっとつまった。泰生の仕事をけなされたようで悲しくなる。

それでも波立つ気持ちを何とか落ち着けて、ゆっくり話し出した。

「それは出来ません。泰生の仕事の根幹に関わることに口を挟むのは失礼だと思いますので」

「君は、先ほどから無理無理と言ってばかりだな」

ジョセフは皮肉げに笑った。うなだれる潤に、しかしジョセフは容赦ない。

「今いる友人や家族ばかりを大事にして、新しく出来た家族のことなどどうなってもいいのだろう。これではアイラも悲しむであろうな――」

「だったらこのまま帰っちまうか？　潤」

第三者の声が聞こえたのはその時だ。しかも今一番聞きたかった声にはっと顔を上げる。と、ガラスの扉から泰生が入ってくるところだった。出がけだったのだろう、シルクシャツの上にジャケットとコートを羽織り、大きめの革のトートバッグを肩に引っかけるように持っていた。

大きな歩みで潤の背後に立って肩を抱いてくれる。服越しで温度など感じないはずなのになぜか温かく感じた手が、重く沈んでいた潤の心を掬い上げてくれた気がしてふっと楽になった。

「泰生……」

「ロビーで青い顔してウロウロしてたユアンから話を聞いた。えらく災難だったな、潤」

泰生の慰めの言葉は英語だったため、ジョセフにも伝わっただろう。それもあってか、眉を寄せたジョセフが泰生の闖入《ちんにゅう》を咎めるように鋭い視線を投げた。

「君がタイセイか。噂《うわさ》に違《たが》わぬ失礼な男だな。私は今ジュンと大事な話し合いをしているのだ。

さっさと出ていきたまえ」

先ほどユアンに退出を促したときより数倍厳しい声で追い払おうとするジョセフだが、泰生は鼻先であしらう。

「失礼はどっちだよ。呼ばれてもいないのに勝手に押しかけてきたのはあんたの方だろ。今日はユアン単独での約束のはずだ。だからおれも許可した。そこにあんたが出張ってくるのはルール違反だろ。しかも潤に無理難題をふっかけて、ふざけんなって怒鳴りたくなるぜ」

「何だとっ」

「新しい家族より今いる家族を大事にするって？　そりゃ当たり前だろ。今の時点で、新しい家族が潤に何をしてくれたよ？　あんたの妻であるアイラは——当時、理由はいろいろあったにしても——潤を捨てて出ていったっていう親としては最低の行いをしたくらいだ。今回のイギリス行きは、そんなアイラと潤が和解するためのもんだろ。アイラが望んだから潤はイギリスまで来たんだ。なのに、アイラの夫であるあんたがしたことは何だ？　潤を利用しようと脅迫まがいの話し合いをするなんて、気分を害した潤がこのまま日本へ帰ったとしても当然の悪行だ。軽はずみなあんたの行いが、これまでの潤とアイラの努力を台なしにしたんだぜっ」

舌端《ぜったん》火を吐く勢いの泰生に、ジョセフにかけられた呪縛《じゅばく》が解けていくようだ。

同時に、泰生がひどく怒っていることに気付く。斜めに見上げる泰生は、頬をこわばらせて眦《まなじり》をつり上げ、これまであまり見たこともない酷烈な表情をしていた。

「そもそもまだ母と子としてスタートもしていないのに、家族も何もないだろ。それ以前にあんたは、これまで潤の素行を逐一チェックしてたんなら、家を出るまでのこいつの不遇な身の上を知っていたはずなのに、救いの手を差し伸べるどころかアイラに知らせもしなかった。なのに、今度は一転家族扱いかよ。潤の立場が少し変わっただけで、潤自身は何も変わってねぇんだよ。自分の都合のいいようにおれの潤を扱うな」

泰生の言葉に、胸がじんと熱くなる。肩を抱く泰生の手に自らの手を重ねると、恋人は身を屈めて耳元で潤に言い聞かせるように言葉を吐く。

「潤、このまま日本へ帰るか？　苦痛な思いをしてまでアイラと和解なんかしなくてもいいだろ。こんな男を夫としているアイラのことも、おれは信用がならない」

「ま、待ちたまえ。そんな勝手なことをしては困る」

向かいに座るジョセフは冷静さは保っているが、顔色はすこぶる悪かった。

「知るかよ。最初に勝手をしたのはあんたの方だ。あんたみたいな人間にはありがちだが、間違えてもらっては困る。今回、和解を受ける立場にいる潤には特別な配慮をするべきだろ。でもって和解が済んでも立場は対等。貴族だろうが何だろうが、決して上から目線で潤にもおれにも命令するな」

泰生が言い切ったとき、大きな音を立ててガラスの扉から飛び込んできた人物がいた。

「ジョセフ⁉　あなたって人は何てひどいことをするのっ」

明るい栗色の髪をした四十代くらいの女性は、ジョセフへとつめ寄っていく。

「ユアンから連絡をもらって、まさかと駆けつけてみたらこんなこと！　何をやっているの、あなたはっ。せっかくイギリスまで来てくれたジュンにひどすぎるわ。それも、私のあなたが！」

外国人にしては小柄な女性だが、その憤りの激しさにジョセフはひどく動揺《どうよう》していた。これまでふんぞり返っていたのが嘘のようにおろおろとし始め、女性を宥《なだ》めようと伸ばした手は、しかし勢いよくはね除けられる。

「まだ謝罪さえ出来ていないのよ。そんなジュンに、どうしてあなたがひどいことをするの」

「待て、待ちなさい、待ってくれないか。これには訳があるんだ」

「ジュンを苦しめることに訳？　あるはずないでしょうっ！」

女性の、若い頃の美貌がまだ色濃く残っている顔が、今は怒りに染まってきつくジョセフに向けられていた。

「母さん、少し落ち着いて」

そんな女性の肩を、後ろから入ってきたユアンが抱く。

母さん――――？

この人がユアンの母、アイラか。

潤は呆然と女性を見た。そんな潤へ、女性が——アイラがゆっくり向き直る。

「私より先にジュンと会うのもひどい——」

じっと食い入るように潤を見つめてきた。

母、だ。

アイラのけぶるような眼差しは、確かに昔写真で見たものだ。肩までのゆるくカールがかかった髪は潤のそれよりずいぶんと明るい栗色で、痩せ気味の体をシンプルな青のワンピースに包んでいる。少女のような雰囲気をそのままに年をへたような女性だった。

潤を熱く見つめたまま、感極まったようにアイラの薄い唇が「ジュン」と動くのを見た。ブルーグレーの瞳が見る間に涙でかすんでいく。

「ジュンを利用しようとしたっていうのは本当？　こんな可愛いジュンに、まだ昔のことを謝ってても許してもらってもいないのに、一方的に無理を強いたって本当のこと？」

息が上がっていくアイラはパニック寸前なのか、ぶるぶると体が震えだした。

「お、落ち着きなさい、アイラ。無理を強いたなど大げさだ。ちょっとお願いしただけなんだ。我が社のために、ほんのちょっとだけ……」

「我が社のためめって、あなた——つい先日、最高収益を更新したと喜んだばかりじゃない。これ以上の何を、まだこんなあどけない子供にさせようとしたのよっ。私が犯した罪をまだ償《つぐな》ってもいないのに、あなたはっ！」

「アイラ、泣かないでくれ。私が悪かった。つい……出来心なんだ。アイラ」

「謝る相手が違うでしょうっ。私に謝る前に、ジュンに謝罪してちょうだい！」

涙ながらにアイラから食ってかかられて、ジョセフは汗を流してたじたじとなる。先ほどまでの威風も形なしだ。

今のアイラの話から、ジョセフが先ほど言った会社の業績が横ばいという話は偽りだったことがわかった。いや、頭のどこかでそれは理解したが、それ以外の——感情部分は麻痺《まひ》したように動かない。突然の出来事に、まだ潤の心は追いついていなかった。

そんな潤に気付いたのも泰生だ。

「おい、いい加減にしろよ。今一番混乱して動揺しているのは、ここにいる潤だろ」

静かなティーサロンに響き渡るような言い争いをしているアイラとジョセフだったが、泰生の声は不思議と場に響いた。凛《りん》と張りのある声に、パニックを起こしかけていたアイラも取り乱していたジョセフも、はたと我に返ったようだ。ユアンも父母同様気まずげに立ち尽くす。

「潤、大丈夫か」

「あの……あの、あの……」

声をかけられて泰生の顔を仰ぎ見る。口を開きかけるが、上手く言葉が出てこなかった。

本来であれば、あと二日後に母に会うことになっていた。

父の正も日本から駆けつけて、泰生と三人で一緒にアイラたちが待つ食事の席へ出向くはずだったのだ。なのに、こんな突然母が目の前に現れてしまい、潤は大いに混乱していた。

自分を捨てて出ていったと、物心ついた頃から悪女だと教え込まれていた母が目の前にいる。けれど家を出ていったのはいろいろと理由があって、本当はずっと自分を求めていたのだと知った。そんな母からの手紙を読んで、父から母の話を聞いて、会いたいとようやく興味がわいた母のアイラが今、目の前に――。

「大丈夫だ。ゆっくりでいい。潤、潤、大丈夫だ」

呼吸が速すぎる潤を見てか、泰生はすぐに潤の頭を抱き寄せてくれた。椅子に座る背中を心地いいリズムで叩いてくれる。体を通して聞こえてくるくぐもった声は力強かった。

心がゆっくり弛緩していく。

体にゆっくり力がこもっていく。

突然の出来事に恐慌をきたしていた潤の何もかもが動き始めるのを感じた。

泰生の腕に手をかけると、抱擁がゆるゆると解けていく。体を起こしながら顔を上げると、まず心配げに見つめるユアンの顔が飛び込んできた。隣に立つアイラは今にも倒れそうな顔色だ。ジョセフがひどく申し訳なさそうに顔をしかめているのが印象的だった。

「すみません、大丈夫です。ちょっと動揺してしまって。ご心配をおかけしました」

皆に謝って泰生を振り返ると、恋人もあからさまにほっと安堵の顔を見せた。そんな様子に、頭の中で最後まで滞っていた部分がパシンと弾けるように繋《つな》がったのを感じた。

そうだ。泰生はこれから仕事へ出かけるんだった！

「泰生も本当にすみませんっ。もう大丈夫ですから。あの、仕事は大丈夫ですか？　出かける間際だったんでしょう？　もう迎えの車だってきてるんじゃないですか？」

「その気遣いと慌てぶり、ようやく通常運行か？　いや、まだちょっとぼんやりしてるか」

泰生がようやく少し笑みをみせ、時間には余裕があるから大丈夫だと宥める。

「だが、今日の潤の外出はキャンセルだな。今の潤をユアンひとりには任せられない」

「え、大丈夫ですよ。もういつも通りですから。ぼんやりだってしてませんし」

潤は言うが、泰生は信じてくれなかった。だったらユアンに助けてもらおうと見ると、何かを考えるようにじっと潤を見つめてくる。

「あの、だったら今日はうちへ来ませんか？」

「ユアン？」

「本当は、今夜ジュンがひとりでホテルに泊まると知ったときから自宅へ招きたいと思っていたんです。でも、あさっての食事会を前に母と会うことには抵抗があるだろうと思って遠慮していました。けど、ふたりはもう会ってしまったし、今日の悪い印象を持ったまま食事会を迎えて欲しくないんです」

訴えかけるようなセリフは、途中から泰生へと向けられた。身を乗り出すほど熱のこもったユアンの言葉には、潤も困惑する。

「もちろん、ジュンにこれ以上の心労は与えないと誓います。そうですよね、父さん」

「あ、あぁ。もちろんだ。その、先ほどはすまなかった。あの件はなかったことにして欲しい。君の知り合いのことを知っていらぬ欲が出て、つい強引なことをしてしまった」

ジョセフの心からの謝罪に潤は頷いた。それにユアンとアイラがほっとした顔を見せる。

「そうね。ひとりでホテルに泊まるなんて寂しいことを言わないで。タウンハウスでは十分なもてなしは出来ないけれど、少なくともホテルの部屋よりは寛《くつろ》げるはずよ」

落ち着きを取り戻したアイラも口添えしてきた。隣でジョセフが大きく頷いている。

潤は黙ったままの泰生を見上げた。泰生のことだから、即座に断ると思っていた。が、泰生は潤を見下ろしたまま何かを考え込んでいる。

「おまえはどうしたい？」

「おれは…………えっと、あれ？」

自分はどうしたいのか。

考えるが、なぜか答えが出てこない。頭の中が空回りしている感じがした。通常運行に戻ったと思ったのに、思考に関してはまだ上手く機能していないことに潤は焦った。

「そんな潤だから、ひとりでホテルに置いていくのは心配なんだ」

小さく舌打ちして、泰生に頭を撫でられる。

「ホテルですごした方がおまえは楽だと思うが、きっと今夜は眠れないだろう。今日のことをひとりで考えてたら自家中毒を起こしかねない。それより、潤にべったり甘えたのユアンにでも気を紛らわせてもらった方がいい。おれも安心だし、アイラとはファーストコンタクトの衝撃をすでに乗り越えてんだから、それ以上のショックはないと思うんだが」

話を聞いていると、その通りに思えてきた。やはり泰生は潤のことを自分以上によくわかってくれている。

「夜に一度連絡を入れる。何かあれば、その時間からでもタクシーを手配してやる。ホテルに帰るのはいつだって出来るんだから、難しく考えるな」

保険までかけてくれる泰生に、気持ちが楽になった。

「ありがとうございます、泰生。そうすることにします。あの――ではパートリッジ卿、今夜はお邪魔させてもらえますか？　よろしくお願いします」

パートリッジ家の面々に対して頭を下げると、一番にユアンが嬉しげな声を上げる。すぐに両手を握られて、今にも引っ張って行かれそうな勢いだ。

「すごく嬉しい！　今夜はジュンと一緒にすごせるなんて夢みたいだ」

アイラとジョセフも笑みを浮かべて頷き、すぐに準備のためにいそいそ席を立っていく。ロビーで連絡を取るらしい。ふたりが出ていく姿を見送ってから、泰生がユアンを呼んだ。

「潤が心安らかに一夜をすごせるように手配してくれ。今の潤は普通に見えるが内面はまだ不安定なはずだ。さっきのようなトラブルはもちろん、潤の気持ちに踏み込むような会話は、おまえもそうだがアイラたちにもさせるなよ。おまえが注意して見張ってろ」

釘をさす泰生にユアンは神妙に頷いた。

話が済むと、泰生もさすがに仕事の時間が迫ってきたということで慌ただしくティーサロンを後にした。ユアンはロビーにいた父母たちと一緒にひと足先に自宅へ戻るというので、潤は泰生のために手配されていたハイヤーで送ってもらうことになった。

「さっきはありがとうございました」

泰生があの場に来てくれなかったら、今頃潤はパニックになっていたかもしれない。ジョセフの強引な所行は最終的にアイラが止めてくれたとしても、潤の気持ちを落ち着かせることは泰生にしか出来なかっただろう。泰生がジョセフに怒ってくれたのも嬉しかった。

「あぁ、あれな。びっくりしたぜ。もうとっくに潤と出かけてるはずのユアンが、青い顔してホテルのロビーにいたんだから。アイラが駆けつけて来るのを待ってたらしいけど、気付いてよかったぜ。ひと足先にジョセフの暴挙を止められたし」

ジョセフから他に何か言われたかと訊ねられたが――どの辺りから泰生が聞いていたかは知らないが――ジョセフが最後に言ったセリフにそれまでのすべてがまとめられていた気がしたので、潤は首を横に振った。泰生の仕事に関する発言は、出来ればもう思い出したくはない。

ただそんな潤に何かを感じたらしい泰生は、慰めるみたいにぽんぽんと潤の腿を叩いてくれた。

「それにしても、ジョセフはアイラにべた惚れみたいだな。潤と話してたときはどこの悪徳代官かって威張り具合だったのに、アイラが飛び込んできたとたん借りてきた猫みたいに小さくなってんだから。最後は完全にフツーのオッサンだったよな」

軽口を叩く泰生に、潤はそう言えばと記憶が蘇ってくる。

「まぁ、だから今夜の宿泊も何とか許可出来たんだ。パートリッジ家のヒエラルキーのトップは間違いなくアイラだぜ。アイラがいる家で、ジョセフも滅多なことは出来ないはずだ」

泰生は本当にいろんなことを考えてくれていたんだと、潤はじんとなっていたのに、それだけで終わらないのもやはり泰生だった。

「けどあのオッサンは、誰の許可を得ておれの潤を苛めてんだって腹が立ったぜ」

「ええ～……」

泰生が許可を出したら苛められてしまうのかと潤が不満げに唇を尖らすと、恋人は喉で笑いながら体を傾けてくる。唇の先に小さなキスが落ちてきた。

「……もう」

すぐに唇は離れたが、運転手もいる車内でキスなど恥ずかしくてたまらない。赤くなった顔を隠すようにそっぽを向くが、

「耳が赤いぜ？」

指摘されてしまい、潤は開き直って真っ赤な顔で泰生を睨みつけた。そんな潤に、泰生は噴き出しながら腕を伸ばしてくる。

「あー、やっぱこんな可愛い潤を残して仕事になんか行きたくねぇ」

「ちょっと、泰生！　やですっ、離してください。わぁ…って、ズルイっ」

抱き込もうとする泰生と嫌がる潤は、後部座席でしばし攻防を繰り返した。勝負は力不足に加えて体力不足である潤の負けだ。運転手が我関せずでいてくれるため、潤も諦めの境地で泰生の腕に抱っこされる。というより、こんな泰生の強引さには潤の方が救われている気がした。

「それにしてもさ、アイラはちょっと駄目な男を好きになるタイプなんじゃねぇ？」

潤の父の正しかり、ジョセフしかり。

泰生の言葉に潤は苦笑いする。

それでも潤の父がそうだったように、本質的にはジョセフも悪い人間ではないのだろう。アイラに叱《しか》られて、威厳も何もないように体を小さくしていたジョセフを思い出すと潤もホッとする。アイラのパニックにおろおろするジョセフからは、先ほど泰生も言った通りに妻への深い愛情が感じ取れた。

「まぁ、あんまり構えるな。潤はひとりだと考えすぎるからな。なのに今夜は、泣いても慰めてやれるおれがいないんだから。おれにとっても苦渋の決断なんだ」

「泰生……」

「この際開き直って、観光コースの一環だって思えばいい。ロンドンの名物だが一般には滅多に入れない本物の貴族のタウンハウスってやつを存分に楽しんで来い」

泰生の少し変わった励ましの言葉に、潤は小さく笑いながら頷いた。


パートリッジ家がロンドンに所有するタウンハウスは、地上三階、地下一階建てのテラスドハウスと呼ばれる複数棟が繋がっている住宅だ。日本でいういわゆる長屋で、イギリスでは階級によって様々なテラスドハウスがあるらしいが、パートリッジ家のタウンハウスはさすがロンドン屈指の高級住宅街にふさわしい優美な外観だった。

ユアンによって案内された屋敷の中は、もっとすごい。高い天井の広々としたベッドルームが幾つもあり、ダイニングルームはもちろんドローイングルームと呼ばれる応接間やライブラリー、果てはビリヤードルームまであった。

「この家はまだ百年ちょっとだからね。風格は今ひとつなんだけど、新しいぶん、建物の傷みは少なくて暮らしやすいんだ」

ユアンがあっさり口にした築年数に潤は驚いて部屋を見回す。

聞けばイギリスでは、建物は古ければ古いほど価値があるらしい。築五百年の建物に今でも普通に人が住んでいるらしく、それゆえに建って五十年、百年程度では全然自慢は出来ないと。

ところ変われば、だなぁ。

こっくりとした飴色《あめいろ》のドロワーチェストにそっと触れながら潤は感心した。

内装もイギリスらしい装飾が施されており、いたるところにアンティーク家具が配されている。絨毯《じゅうたん》を踏みながら次の部屋へ移動したところで、ユアンが声を潜めて話しかけてきた。

「ね、タイセイと恋人ってどんな感じなの?」

その内容に、潤はぎょっとした。

「だって、あのタイセイだよ。メンズモデルの頂点に立つ存在と普通に恋人でいられるなんて、ジュンってすごいよね」

「すごいかな」

内緒話をするようにくっついてくるユアンは、潤が驚こうがたじろごうが矛先を緩めない。

「だってタイセイは、ぼくたちひよっこモデルからすれば雲の上の存在なんだから。ウォーキングは色気があってかっこいいし、撮影ではバランス感覚が優れててあっという間に終わるって聞くし、パフォーマンスでも人心をがっちり摑むし、存在感ありすぎるし、個性も強すぎるし、トップ独走で人を寄せつけない孤高な感じが憧れるし」

「そ、そうだよね。かっこいいよね」

以前憧れたファンごっこの到来だと潤はワクワクしながらユアンの言葉に同調する。

泰生のかっこよさをいつか誰かとわいわい言いたかったんだ！

そう思った潤だが、ユアンははたと沈黙してしまった。

「え、何？　何で黙るの？」

「いや、今のはあくまで遠くから見ているときの話だからね。近すぎると、ちょっと嫌な面が出てくるから、ぼくの気持ちとしては微妙なんだけど」

「嫌な面って」

「だって、ぼくとジュンとの仲を平気で邪魔しようとするじゃないか！　ぼくはジュンの弟なのに、ハグは一日一回、しかも三秒だけなんてありえる？　それを平然と口にするんだから大人げないよね。先月のパーティーのときだって、ジュンと話していたら後ろから邪魔しに来たじゃないか」

「そうだっけ？」

「そうだよ。ジュンはタイセイに後ろから抱っこされて真っ赤になって喜んでたけど」

思い当たる節があるだけに顔が熱くなる。

「――そうやって、さっきもだけどタイセイのことを話したらジュンが喜ぶのも何かむかつく」

ふいっと顔を背けて窓の方へ歩き出すユアンに潤は当惑するが、隣に並ぶと拗ねたように腕をぶつけられた。大人っぽいユアンだが、こういうところは十四歳なのかなと愛おしい。

実際弟といってもユアンの方が背も高いし、気のせいか体格も以前よりよくなっていた。見た目には絶対自分の方が弟だと思われるはずだと、少々複雑な気分になる。

「昔はタイセイをすごいって思ってたけど、そんなすごいタイセイの恋人をしているジュンがもっとすごいって今は思ってるってこと。ただそれだけ！」

だからたまにこんな言動を見せてくれると、ずいぶんほっとする。

「ありがとう。でも、おれはすごくないよ。泰生はね、いつも自然体なんだ。だから、おれも隣に立てるんだ。こんな普通のおれにもナチュラルに接することが出来る泰生の方が本当にすごいと思うんだけど」

「ジュンは普通じゃないよ！　だって、きれいだし優しいし頼りになるし頭がいいし」

「わー！　やめて、ユアン。何だか耳が痒《かゆ》くなるから」

「うふふ。ハグするとすごくいい匂いがするし抱き心地もいいしお人形さんみたいだし！」

耳をふさぐ潤を追いかけてユアンが褒《ほ》め言葉を列挙してきた。

「もう、ユアン」

「わかったよ。わかったから、そんな大きな目で睨まないで。キャンディーみたいで食べたくなってしまうよ。ジュンはどこもかしこもキュートだよね」

ぜんぜんわかってくれてないじゃないか。

きざなセリフをさらっと口にするユアンを恨めしく見つめる。

「でも、だから複雑なんだ。ジュンはすごくすてきだから、ぼくがタイセイより先に出会っていたら、べたべたに甘えてぼくをジュンの一番にしてもらって、タイセイの入る隙間なんか作らなかったのにって」

「えーと、でも、ユアンのことは泰生と同じくらい大事に思ってるよ」

「……でも、二番でしょ？」

じっと見つめてくるペリドットグリーンの瞳に、潤ははにかんで微笑んだ。

「比べられないよ。泰生とユアンは愛しさの種類が違うから。おれはユアンも大好きだよ」

「うーん、やっぱりジュンはすごいや。ぼくをすっかり丸め込むなんて」

ユアンは金髪を揺らして満足げに笑った。尊敬するような眼差しを向けられても、潤は複雑な気持ちにしかならない。

丸め込むって、何だろう。

眉を下げたとき、下階から声がかかった。

「あぁ、夕食の準備が出来たみたい。行こう、ジュン」

潤の腕に甘えるように自らのそれを絡めてダイニングルームへと歩き始めたユアンにため息をひとつ。それでも潤の胸は甘酸っぱい気持ちに占められていた。

昼間、泰生にタウンハウスへ送ってもらったあと、潤はユアンと一緒に昼食も兼ねた散歩へと出かけた。人の多い場所へは行かないとの条件つきで外出禁止を解除してもらったため、近くのケンジントン公園や世界最大規模の美術や工芸を扱う博物館、映画で有名になったノッティングヒルを散策して楽しんだのだが、その時もユアンは全力で甘えてきて潤を微苦笑させた。

けれどおかげで、昼間ティーサロンにいたときのどこかぼんやりした感じは解消されていた。

タウンハウスに来てよかったかも。ユアンのおかげだな。

腕に感じる甘やかな重みと温かさに、潤はしぜんと口元が緩んだ。

夕食が振る舞われた広々としたダイニングルームには、四月も終わりだというのに暖炉の火が赤々と燃えていた。壁に飾られた様々な肖像画から窓の外へと視線を移すと、屋敷の裏にある家屋より広い庭の緑が臨《のぞ》める。散策から帰ってきたあと、その庭へテーブルセットを持ち出してアフタヌーンティーを楽しんだが、ジョセフもたまに手入れをしているという庭は意外にも花が多めで緑にあふれていた。

「ジュン、あまり食べてないけど大丈夫?」

夕食のメインはイギリス名物のローストビーフだ。皿にはシュークリームの皮そっくりのつけ合わせが添えられていたが、これもプディングの一種らしい。赤ワインのソースで食べるローストビーフは、肉の甘さとうまみが合わさって贅沢な味がした。が、なにぶんつい二時間ほど前にアフタヌーンティーを楽しんだお腹ではあまり量は入らない。

「すみません。さっきのアフタヌーンティーでちょっと食べすぎたみたいで……」

ユアンに心配そうにされて、テーブルの向こうのジョセフやアイラからも思わしげに見つめられ、潤は申し訳ないと目線を下げる。

パートリッジ家専属の料理人が作ったというこぶしほど大きなスコーンやさっぱりしたサンドイッチがあまりに美味しくて、つい欲張ったのが悪かった。紅茶も美味しくて何杯かお代わりしたのもきいている。イギリスで飲む紅茶はどうしてあんなに美味しいのか。

「だから言ったでしょう？　あの時間にアフタヌーンティーはダメだって」

「ユアン。だって、うちのキャシーが作ってくれるスコーンはイギリス一なんですもの。クロテッドクリームだってデヴォン産のいいものが手に入ったし、ぜひ食べて欲しいじゃない。それにユアンはティータイム後もいつも平気で夕食を食べていたから」

「ぼくとジュンを一緒にしない方がいいよ。見てよ、ジュンはこんなに華奢なんだから」

アイラやジョセフと一堂に会する夕食はどんな感じかと潤は密かに心配していたが、ふたを開けてみればずいぶん和やかな雰囲気だった。午前中はあれほど威圧的だったジョセフは多少慇懃すぎるきらいはあるが、それが一家の主人としての威厳として感じられて逆に好印象を受ける。アイラはもともとおしゃべりなタチではないらしく、誰かに話しかけられる以外は静かに潤を見つめるばかり。もの言いたげなアイラの視線が気になりはしたものの、潤も胸が変に騒《ざわ》ついて何を話したらいいのかわからず、いつも以上に無口になってしまっていた。

「同室のひとりが幽霊騒ぎを起こしてね。何でもロンドン塔へ行って憑《つ》かれたと言って——」

そのため、食卓での会話はもっぱらジョセフとユアンによって進められた。潤の大学生活を訊ねたりユアンが通う全寮制のパブリックスクールの様子を話してくれたり。過去のことに突っ込まれたり何かを強く訴えられたりするかと身構えていた潤はほっと肩の力が抜ける。

終わってみれば、夕食の時間はごく一般的な話題で淡々とすぎていった感じだ。泰生がユアンに釘を刺してくれたこともきいているのかもしれない。

だから、夜にかかってきた泰生からの連絡にも、潤は大丈夫だったと心から言えた。逆に少し肩すかしを食らった感じだと口にすると、電話の向こうで泰生が苦笑するのがわかった。

あてがわれた部屋でつい先ほどまでユアンと話をしていたが、ひとりになった今は早々とベッドに入っている。いろいろあったせいで、自分が思った以上に疲れていたようだ。

眠れないかもしれないなんて思ったのが嘘みたいだ。

ベッドに横になり夢うつつにそんなことを思ったとき――。

「ん……」

ふと物音がした気がして意識が浮上した。耳をすましても何も聞こえなかったため、気のせいかとまた眠りかけたとき、今度ははっきりと衣ずれの音がして目を開けた。

「ご、ごめんなさい……」

目の前にアイラの顔があった。薄暗い中でもほんのり明るく見える栗色の髪にガウンを纏《まと》ったアイラが枕元に立っていたのだ。驚いた潤だが、アイラも突然目を覚ました潤にひどくうろたえた様子で顔を引きつらせていた。

「本当にごめんなさい。起こすつもりはなかったの。ただ…ただあなたが同じ屋敷で眠っているなんて夢のようで信じられなくて……」

「もしかして、さっきも来ましたか?」

潤が物音を聞いたことを思い出して訊ねると、アイラは頰を染めて気まずげに頷いた。どうやら潤の存在を確認するために、何度も寝顔を見に来ていたらしい。

突然のことで驚き、眠気もすっかり吹き飛んでしまった。潤が起き上がると、後ずさり退室しかけていたアイラが物思わしげに踏みとどまる。

「あの……少しだけ話してもいいかしら」

静かだが微かに震えているアイラの声を聞いて、潤はふっと気持ちが楽になった。余裕がないのは自分だけではないとわかったせいだ。潤が頷くと、アイラはあからさまにほっとしてガウンの前で両手を握りしめる。枕元の明かりをつけると、アイラはベッドサイドの椅子に腰を下ろした。半身を起こした潤と斜めに向かい合う形だ。

夕食のときと同じようにブルーグレーの目でじっと見つめられて、潤はつい身じろぎをする。

「ごめんなさい、見つめすぎよね」

穏やかに話すアイラは、昼間ジョセフに食ってかかっていた姿とは正反対だ。

食事のときも寡黙になりがちだったし、父の正に聞いた話からしても、こちらのもの静かなアイラが本来の姿なのだろう。

「あの小さかった赤ちゃんがこんなに大きくなったと思うと、胸がいっぱいになって」

アイラが感極まったようにそっと胸を押さえる。

「でもそんな赤ちゃんをどうして私は置いていってしまったのかと、たまらなくなったの。だけれどあの時は、何にも考えられなかった。悪い母親よね。本当に、本当にごめんなさい」

長いまつげを伏せがちにすると、アイラの顔はどこか寂しげに見える。その表情からは深い後悔と自らへの憤りや苦しみなどが伝わってきて胸が痛くなった。

「いえ、どうしようもない理由があったのだと父から少し話を聞きました」

「……ありがとう。ジュン。言い訳なんてみっともないけれど、話を聞いてくれるかしら」

縋るように見つめてくるブルーグレーの瞳に、潤は少しだけ考えて了承する。

父から事前に母の話を聞いていたため、頷くことが出来た。父母の間には確かに愛情があったことを知っていたから、話を聞くことにも大して抵抗を感じなかったのだ。

ただ母の話を聞くことは、出がけに泰生がユアンに釘を刺した『潤の気持ちに踏み込むこと』になるような気がして、泰生の気遣いを自分が無にすることにそっと心の中で謝っておいた。

そんな潤にアイラは薄い唇をほんのわずかに上げる。

「やっぱり親子ね。タダシにそっくりだわ、どんな相手でも真剣に向き合ってくれるところ。そんなタダシに認められたくて一生懸命に日本語を覚えたんだけど、日本を飛び出したときに全部忘れてしまったみたいなの。今は英語しか話せないことを許してね」

そう断って、アイラは穏やかに話し出した。

「タダシと出会ったのは、私が大学を卒業してすぐの頃。会社のリーダーであり上司として一緒に働き始めたタダシは人にも自分にも厳しい人でね。最初は反発したものよ。けれどその反発がもう恋の始まりだったの。一度の失敗さえ許さない神経質なところがあって、私も何度も叱られた。でも厳しく叱りつけたことをあとですごく気にするような――優しくて不器用で、真っ直ぐすぎるところが愛しかった。お互いが好き合っているってわかったら、すぐに結婚しようと言い出したのも、あの人らしくて何だかおかしかったわ。あの時は本当に嬉しかった」

思い出すように、アイラが少女のように微笑んだ。

「結婚して、タダシは一層優しくなった気がするわ。ジュンを身ごもってつわりで具合が悪くなったとき、タダシったら大騒ぎしてね。救急車まで呼んだのよ。退院したあとも君は何もしなくていいって、小さなマンションだったのにお手伝いさんを何人も雇ってね。それでも自分が留守にすることは多いからってハシモトの家に何度も頭を下げて私の面倒を頼んで、私のために会社を大きくしたいと一生懸命働いてくれた」

父から聞いていた話をアイラから聞くと、また違ったものに聞こえる。潤はアイラの話をひと言も聞きもらすまいと、じっと集中した。

「そうしてタダシが何日も留守にしても、私は何の不自由もなく暮らすことが出来た。まるでガラスケースに入れられたお人形のように、とても大切にされたわ。でも――私は生きた人間で、もっとおしゃべりがしたかったし他愛ない触れ合いがしたかった。お金よりもタダシに傍にいて欲しかったの。それでも、あの人なりに精一杯大事にしてくれているのがわかるから何も言えなかった。不器用なあの人を傷つけたくなかったし、私も嫌われたくなかったから。でもいつか、長い時をかけてわかり合えたらと思っていたの」

しかし橋本の家に入って、母の気持ちはさらに父へ伝わりづらくなったという。ふたりの間に祖父母が介入することが日常になり、ふたりきりの時間がほとんど取れなくなったらしい。それに加えて、外国人である母を虐げる言動も増えてくる。母なりに祖父母に抵抗を試みたが、それを上回る圧力を受けてしまい、屈したのだとアイラは悲しげに語った。

「生まれたあなたの目が私と同じブルーグレーだったのを見て、パニックを起こしてしまったの。タダシと同じ黒い目をした赤ちゃんを産んであげられなかったって。またあの人たちに『だから外国人の嫁は』って虐げられると思うと、体がぶるぶる震えるほどの恐怖を覚えたわ」

その時のことを思い出したのか、アイラの頰が引きつれて声が擦れた。

ブルーグレーの瞳?

潤はつい目元に触れる。

潤の瞳は金茶色でときに光の加減でグリーンへと色変わりする。泰生が好きだと言ってくれる目だが、生まれたときは違ったのか？

「今はすごくきれいなヘーゼルなのね。赤ちゃんの瞳って色素が定まっていないらしくてね、大きくなるにつれて変化することもままあるらしいの。ヨーロッパみたいに様々な人種が混ざり合った赤ちゃんを持つ親の間ではけっこう知られた話らしいわ」

不思議そうにする潤に気付いてか、アイラが教えてくれた。

「私も昔それを知っていたら違ったかしら。いいえ、そんなことはないわね。タダシは生まれたあなたを見てとても喜んだのよ。私そっくりだって言って。なのに、あの時の私は完全にあの人たちに支配されていたから、タダシの言葉を素直に受け取ることが出来なかった」

いや、逆に父が言った『アイラにそっくり』という言葉がアイラを恐慌に陥れるスイッチとなってしまったらしい。だから赤子の潤を置いて飛び出してしまったのだ、と。気付いたときには、大学時代をすごしたイギリスにいて友人たちの手によって病院へ入れられていたという。自分を取り戻したとき、慌てて弁護士を通じて潤を引き取りたいと訴えたが、すげなく突っぱねられた。自分の行いを思うと強く言うことも出来ずに、今まで待ち続けたらしい。

アイラがそこまで話して小さく嘆息した。潤もつめていた息をそっと吐き出す。

長い話だった。父から聞いていた話とほぼ同じだったが、アイラの側から見るとどれほど彼女が疲弊していたかがよくわかった。アイラと父がどんなに愛し合っていたのかということも。

「ジュン、あなたはこんなに大きくなっても私にそっくりなのね。タダシから、少し話を聞いたわ。あの家で、あなたも苦しんだんでしょう？　あの人たちは、私を本当に毛嫌いしていたから。そんな場所に、あなたをひとり置いてきてしまったことを何度も後悔したわ。あの時逃げ出さなかったら、私があなたを庇ってあげられたのに。本当にごめんなさい……」

悲しそうに見つめてくるアイラに、潤はゆっくり首を振った。

「大丈夫です。おれはもう気にしていませんから」

母と向かい合い、じっくり話したせいだろうか。今こうして母と見つめ合っていても、これまでのような胸が騒つく感じはもうなかった。橋本家のことはもちろん母へのわだかまりも、潤の中で過去のことだと昇華出来たのかもしれない。

「優しい子に育ったのね。タダシのおかげかしら。それともタイセイのおかげ？　ジュンに男の恋人がいるなんて聞いたときは驚いたけれど、今日の件でジュンのことを心から愛しているのが伝わってきたわ。あんなに愛情深い人がジュンの傍にいると思うと心強いわね」

アイラの目が優しく細まる。潤も思わず笑みが浮かんだ。それがアイラに見せる初めての笑顔だったと気付いたのは、彼女が感極まったように息をつまらせたせいだ。

あぁ、この人がおれの母親なんだ。

アイラから確かな愛情が伝わってきた。潤に拒絶されることを恐れてか、今はほんの少しか見せないけれど、その後ろに海のように深くて大きな愛情が存在するのをひしひしと感じる。

泰生が言っていた絶対の愛ってこんな感じなのかなぁ。

潤は改めて、こうしてふたりきりで話せてよかったと思っていた。

潤もアイラも大人しいせいか、夕食の席ではお互いほとんどしゃべらなかった。潤自身ちょっと構えていたせいもある。それゆえに、アイラがどんな人間でどんなことを考えているのか今ひとつわからなかった。かといって、あの席で昔のことを持ち出されて会話をしても、今のように気持ちが届いたかどうかは不明だ。心が素直になりやすい夜に、ふたりきりで静かに話せたことが大きいのではないかと思う。

「ユアンと仲良くしてくれていることにもお礼を言いたいわ。それとユアンが日本で起こした様々な問題の謝罪もね。本当にごめんなさい。あの子は家ではとてもいい子だから、ジュンのいる日本まで行ってまさかあんな暴挙をしでかすとは思いもしなかったの」

「ユアンは、寂しかったんだと思います。あなたは昔からおれのことでよく嘆いていたと聞きました。でもその間、あなたの心には自分が存在しないとユアンは感じていたのではないでしょうか。それが悲しくて悔しくて、おれにぶつけた感じがあの時はしました。いい子であるがゆえに、嘆いているあなたにもっと自分を見てとは言えなくて苦しかったのかなって……」

言葉を止めたのは、アイラがショックを受けたように口元に手を当てたからだ。

「あ、その、ごめんなさい。おれの印象として、そう感じただけで」

「いいえ……」

呆然と呟き、アイラは顔を手で覆う。そのまま、もう一度強い語調で繰り返した。

「いいえ、ジュンの言う通りよ。小さい頃からとても大人びた子だったから、私は無意識のうちにあの子に頼りきっていたんだわ。いつだっていい子だからひとりでも大丈夫だと思い込んでいた。でも、だからこそユアンは大人にならなければならなかったのね。私がジュンのことで何度も気持ちを揺らして嘆いていたから。まだ甘えたい年頃から、ずっと孤独を感じさせていたのかしら。私ったら、もうひとりの息子もずっと悲しませて不幸にしていたんだわ」

涙を流してはいないものの、ひどく動揺しているのか全身が小さく震えていた。

自分の言ったことが元でアイラを傷つけてしまったようで潤はうろたえたが、意を決して腕を伸ばした。アイラの肘の辺りにそっと触れる。びくりと体を揺らしたアイラは顔を覆っていた手を離して、自らの腕を見る――潤が触れる場所を。

「ごめんなさい。ショックなことを言ってしまって」

ガウン越しに感じるアイラの腕は、思った以上に細かった。

「でも、ユアンは不幸なんかじゃありません。確かに、これまで少し寂しい思いはしたかもしれませんが、あなたからの愛情は疑ったことはないはずです。だからこそ、あなたの深い嘆きをおれに伝えたいと日本まで押しかけてきたんです。さっき、泰生のことをあなたは愛情深いと言ってくれましたが、おれはあなたこそが愛情深い人だなと思いました。そんなあなたに愛されている息子なんですから、不幸であるはずがないです」

潤が話し終わったとたん、アイラの目に見る間に涙がたまっていく。ぎょっとする間もなく、アイラが静かに泣き始めた。今度こそ潤は動転してパニックを起こしそうになった。焦って視線をさまよわせていたとき、部屋のドアが薄く開いていることに気付く。

「……っ」

その隙間から、いかめしいジョセフの顔が覗いていることにも。

いつから見られていたのか。瞬間息がつまりそうになったが、ジョセフは潤の動揺をよそに腕を体の前で交差させるしぐさを繰り返してみせる。何かと思ったが、やがて抱きしめろのジェスチャーだと気付いた。

えぇ～っ、おれが抱きしめる？　この人を？

潤がおろおろしている間も、気を揉むような顔をしてジョセフはジェスチャーを繰り返す。

それを見て、潤も勇気を出してそっとアイラへ腕を伸ばした。ぎこちなくアイラの背中を抱きしめると、ハグの習慣があるせいかアイラはためらいもなく抱きついてきた。強く抱き返され

てそわつくが、よく泰生にしてもらうみたいにアイラの背中をぽんぽんと叩いてみる。もう一度ドアの方を見ると、隙間の向こうでジョセフが満足そうに頷いていた。潤と目が合うと後は任せたとばかりにサムズアップをしてみせたあと、そっとドアを閉めていく。どうやら、いなくなったアイラを心配して様子を見に来たらしい。

何だか、愛にあふれた家族だな。ユアンのことも心配ないのかもしれない。

アイラもずいぶん落ち着いたのか、ゆっくり体を起こした。泣いたあとを恥ずかしそうに拭って、すがすがしい笑みを浮かべる。潤の片手はアイラが握ったままだ。

「ユアンのことを教えてくれてありがとう。そうね、ユアンはまだ十四歳なんだから甘やかしても大丈夫よね。これからはユアンに鬱陶《うっとう》しがられるくらい構うことにするわ。まずは会話を増やしてみることから始めようかしら」

ユアンには会話よりスキンシップを増やした方がいいのではと思ったが、実際アイラとユアンが探り合いながら心を寄せていくことが大切な気がして、潤は何も言わなかった。

「それにしても――ジュンは、もうユアンのお兄さんなのね。頼もしいわ。そんなジュンだからユアンもあんなに懐いて甘えるのでしょうね。今日の、あんなリラックスしたユアンなんて私は初めて見たのよ。ジュンが大好きだって体全体でアピールしてたわよね」

「そうだったでしょうか……」

照れる潤に、アイラは小さく声を上げて笑った。

「今夜はあなたと話せてよかったわ」

時計を見たアイラは、そろそろいとまの時間だと名残惜しげに呟く。

「ジュンとこんな時間が持てる日が来るなんて、つい数ヶ月前まで思いもよらなかったわ」

潤も、だ。アイラのことを理解出来る日が来るとは考えもしなかった。

潤の頷きに、ブルーグレーの瞳が切なく揺れる。

「あなたと、もっとこうして一緒にすごせたらいいのに……」

アイラの心がこぼれ落ちてきたような呟きだった。

「ねぇ、ジュン。またイギリスへ来てくれないかしら？」

「それは、はい。またいつか来たいと思っています」

「そうではなくて。しばらくの間イギリスに住んで、私たちと一緒に生活が出来ないかと思ったのだけれど。ジュンは、イギリスに留学なんて考えていない？」

思わぬ提案に潤は目を瞬《しばたた》く。それを見て、アイラは気まずそうに唇を歪めた。

「あぁ、これじゃ昼間のジョセフと一緒ね。そうじゃなくて……そう！　私の話はあくまでお願いとして聞いて欲しいだけなの。強要しようなんてこれっぽっちも考えてないわ」

アイラの勢いにつられて、潤はつい頷いていた。ほっとして、アイラが言葉を続ける。

「だってのんびり出来る時間なんて、あなたが学生の間だけでしょう？　タダシだったらジュンの向学心を応援するだろうし言葉の問題もなさそうだし、もしかしたら留学どころかこちらの大学に編入することも可能かもしれなくてよ。でもまずは一年――ううん、半年でもいいの。あなたと一緒にすごせたら、どんなに楽しくて幸せかしら」

これまで穏やかに話していたアイラが、言葉を途切らせるのを恐れるように熱くまくし立ててくる。懸命に潤に訴えるように。

「もちろん無理だったらいいの。ジョセフにも変な欲は出さないようにちゃんと釘を刺すわ。だから、お願い。考えるだけ考えてみてくれないかしら？」

今にも泣き出しそうな表情だった。瞬きもせずに潤だけをただひたすら見つめてくるブルーグレーの目から、アイラの縋るような必死な熱がひしひしと伝わってきて、痛いと思った。

困惑して――潤は俯く。

留学のことは今は考えられない。午前中にジョセフに言ったときと思いは変わらない。

そう今度も断るつもりだったが、アイラを見るとどうしても断りの言葉を言い出せなくなった。切実に訴えてくるアイラに自分への強い愛情を感じてしまい、留学を断ることがアイラの愛情を拒むことになるのではと恐れるような気持ちさえ生まれる。

「――少し、考える時間をください」

苦しげに導き出した答えに、アイラはぱっと顔を明るくした。

「本当!? てっきり断られると思っていたから嬉しいわ。考える余地はあるのね」

「いえ、あの……」

嬉しげに唇をほころばすアイラに、潤はやはり否定の言葉は言えなかった。当惑している間に、アイラは今度こそいとまを告げて部屋を辞した。

潤は頭を抱えたが、翌朝になって事態はさらに悪化した。

「アイラ、今朝はずいぶんご機嫌だね。昨夜はさぞかしいい夢が見られたんだろうね」

パートリッジ家の朝食は、伝統的なイングリッシュブレックファーストだった。紅茶のお代わりをサーブしていたアイラへ、ジョセフが昨夜の出来事を揶揄《やゆ》するように話しかける。

アイラが辞したあと、あまり眠れなかった潤はぼんやりとふたりの会話を聞いていた。ジョセフは、アイラが潤と和解出来たことを知って食卓での話題にするつもりなのだろう。

「ふふ。夢ではなくて現実なの。ジュンがね、イギリスへ留学してくれるかもしれないのよ」

「母さん!? いつの間にジュンと話をしたの」

ユアンは驚いているが、ジョセフは嬉しげな顔を見せた。

「そうか。それは私も賛成だ。いつでも来なさい。何なら今年の夏休みにでも――」

「ジョセフ。だからといって、ジュンにあなたの仕事の手伝いはさせないわよ。偉い人との顔つなぎなんてもっての外ですからね」

「も、もちろんだとも」

ふたりの話を聞いて、ユアンが心配そうに潤をちらちら見る。

「母さん、他に何の話をしたの？　タイセイから重々気を付けるようにと忠告を受けていたのに。ジュンの内面に踏み込むような話はしないしさせないようにって」

「ユアン」

身を乗り出してアイラを問いつめんばかりのユアンを、潤はそっと止める。

「昨夜、ちょっとだけ話をしたんだ。でも、おれは大丈夫だから。泰生にも、昨夜のことはちゃんと話すから心配しないで。気遣ってくれてありがとう」

「だったらいいけど。もう、母さんは。勝手なことをされては困るんだからね」

「あら、ユアンはヤキモチ屋さんなのね？　ジュンのことは自分を通せってとんだお兄ちゃんっ子だわ。ジュンが留学することになったら大変ね。きっとユアンはジュンにべったりよ」

「そんな子供みたいなことはしないよ……週末ごとに寮から帰ってくるかもしれないけど」

「まぁ。お母さんのためにも、たびたび家に帰ってきて欲しいわ。ユアンが寮に入ってから、本当はとても寂しかったのよ？　モデルの仕事まで始めて、ますます家に帰らなくなったし」

「ど、どうしたの、母さん。突然、そんなこと——」

浮かれた様子のアイラと戸惑った顔で会話をしているユアンに、潤は笑みがもれる。

が、先ほどユアンが潤へ向けた目に留学に対する期待が満ちていたのを思い出して、ふっとため息がこぼれかけた。慌てて唇の先で噛みつぶしたが、退路が閉ざされていくようで潤は非常に困惑した。


「うん、やはり急がせてよかったな。潤によく似合っている」

「ありがとうございます。すごく着心地がいいです」

褒めてくれる父に、潤は真新しいスーツがもっと見えるようにほんの少し胸を張った。

父の正がイギリス入りをしたのはつい昨日のこと――潤がパートリッジ家のタウンハウスから帰ってきた日だ。そうして遅れて日本を発ったおかげで、出来上がったばかりの潤のオーダーメイドのスーツを持ってきてくれた。

父がロンドン入りした昨日は、その日に仕事から帰ってきた泰生も一緒に夕食を取った。

会食の約束より前にパートリッジ家と接触を持つことになった一連の出来事を語って聞かせると、ジョセフの行いには父も憤りを見せたが、泰生が以前口にした『アイラはちょっと駄目な男に惹かれる』云々を語って聞かせると、ばつの悪い顔をして黙り込んでしまった。その後、潤のフォローが大変だったのは言うまでもない。

「何やってんだか。ふたりとも、初めての見合いみたいにもじもじしてんぞ」

後ろから呆れた声がして、今まで機嫌がよかった父がむっと顔をしかめる。

「あぁ、振り袖を着た箱入り娘を前にした父親って感じでもあったな。そっちだったら、そう間違ってもいないか。潤は明日で二十歳になるんだし、箱入りだしな？」

「根本的に違いますよ。おれは男だから娘でもないし振り袖なんか着ません」

「潤だったら振り袖を着ても全然問題ないだろ。絶世の美少女になるぜ。総絞りの振り袖とかどうよ？　玲香のとか何かねぇの？　日本へ帰ったら着せてみようぜ、オトーサマ」

「着ませんよっ。父さんも、そこで考え込まないでくださいっ」

「す、すまないっ」

焦って謝る父に、潤は複雑な気分になる。物議を醸《かも》す放言をした泰生は、ソファに倒れ込んで大笑いしていた。

「もう、泰生。いつまでも笑ってないで、行きますよ。タクシーの予約時間です！」

とうとう今日、パートリッジ家との会食の日を迎える。とはいってもアイラとは和解しているし、パートリッジ家ともすでに面識があるため、実は潤もそれほど緊張していない。

昨日、泰生がロンドンへ戻ってきたのは聞いていたよりずいぶん早い時間だった。電話で大丈夫と報告していたが、潤のことを心配してくれたらしい。タウンハウスまで潤を迎えに来てくれた泰生はジョセフやアイラと三人でしばし話をしていたが、ホテルへ帰ってから潤も改めてパートリッジ家ですごした間のことを語った。夜にアイラとふたりきりで話したことには眉をひそめられたが、潤がゆっくり話せて逆によかったと言うと、そうかと納得してくれた。

でも、イギリスへ留学しないかと勧められたことは言えなかったな……。

黒塗りのタクシーの中、泰生と父の間に挟まれて座る潤は小さく唇を歪める。

出来れば今日、もう一度アイラと留学のことを話したい。今一度自分の気持ちや将来への展望をきちんと話しておきたかった。たとえ潤の答えがアイラの望む形でなかったとしても、変に期待させたままでいるより誠実であるはずだ。

あの縋るような目を見ると、また否定するのがつらいだろうけど。

「潤、着いたぜ。どうした、ぼんやりして」

「あ、すみません。すぐ降りますっ」

会食の場であるレストランにはすでにパートリッジ家の面々が揃っていた。

初対面になる父もいるため改めて自己紹介をし、会食はスタートする。

ディナーの席を用意したのはパートリッジ家だ。ハイドパーク近くにあるホテル内の星つきレストランで、イギリスの古典料理を精鋭的にアレンジしたディナーは、見た目も美味しさも一流だった。食事の最初にジョセフが自慢げに語ったのも大いに納得する。何事にも堅実なイギリスらしくない斬新な料理の数々には、泰生も興奮しているようだ。

「泰生、厨房《ちゅうぼう》のパイナップルの丸焼きは何だと思いますか。パイナップルですよね、あれ」

「そう！　ぼくも気になっていたんだ。あれ、ローストチキンのパイナップル版だよね。料理に使われるのかな？　それともデザート？」

「ふたりとも少し落ち着きなさい。アレに関してはあとの楽しみとだけ言っておこう」

ガラス張りのオープンキッチンになっている厨房の様子を楽しむ潤とユアンの興奮ぶりをジョセフは窘《たしな》めるが、その口調はおとといのティーサロンのときと比べて格段に柔らかい。

最初に、改めてアイラが謝罪を口にして潤がそれを受け入れるというやりとりから会話は始まったが、パートリッジ家の人々とはすでに交流を深めていたため、場は和やかな雰囲気だ。

父はほぼ二十年ぶりにアイラと会ったはずだが、様々な思いには決着がついているのか、それとも時間が解決したのか、終始穏やかな顔つきで会話をしている。反対にジョセフはアイラの元夫である父が気になっているのか、ポーカーフェースを浮かべながらも何度も視線は父へと流れていた。アイラが父のことを未だに『タダシ』と呼ぶからかもしれない。父は『レディ・パートリッジ』と呼んでいるのだが。

「回るパイナップルは確かに斬新だ。あのぶら下げ方も目を引くよな」

泰生だけはいつもと変わらずナチュラルだ。きっと頭の中ではあのパイナップルを何かの演出で生かせないかとか考えているのだろう。潤は泰生のそんなマイペースさに安心する。

泰生の頭の中で今パイナップルが回っていると思うと笑みがこぼれた。

「このレストランのシェフは、ロンドン郊外にもう一軒有名なレストランを持っているんだ。ここことはコンセプトが違っていてまた美味しい。予約を取りにくいことで有名だが、ジュンが留学中の間には行けるよう、私が手配しよう」

「まぁ、ジョセフ。それはすてきね。まだ留学がどのくらいの期間になるかはわからないけれど、ジュンにはイギリスで出来ることは何でも体験させてあげたいの。ねぇ、ジュン。だから留学はイギリスが一番美しくなる夏のシーズンは必ず入れてちょうだいね」

それまで穏やかに話していたアイラがうきうきと声を高めて潤へと話しかけてくる。潤はこの機会を逃してはいけないと気持ちを固めて口を開いた。

「あのっ、その件ですがっ」

「ちょっと待てよ、なんだその話」

「待ってくれないか、レディ・パートリッジ！　いや、パートリッジ卿も」

潤以外に、泰生と父も鋭く声を上げる。声を合わせたようなタイミングに、潤たちは言葉を止めて顔を見合わせた。潤の顔を見て何か感じたのか、泰生も父も発言を譲《ゆず》ってくれた。

「留学の件、おとといの夜は考える時間をくださいと言いましたが、訂正させてください」

潤が話し出すと、パートリッジ家の皆はきょとんとした顔で見つめてくる。

「おれは日本でやりたいことがあります。今の大学でもっと勉強がしたいし、演出の仕事をしている泰生の仕事にも自分なりに関わっていきたいと思っています。なので、長期間日本を空けることは今のところ無理だと考えています」

「そんなっ」

アイラが嘘だとばかりに首を横に振った。

「ごめんなさいっ。あの時は言えなくて。考えるなんて言ってしまって」

「待って。待っててちょうだい、ジュン。お願い、もう一度考え直してくれないかしら」

謝る潤に、アイラは身を乗り出してくる。そんなアイラにジョセフが横から加勢する。

「君とアイラはもっと交流を深めるべきだ。留学はいいきっかけになるだろう。昨日の朝の、アイラのあんな嬉しそうな顔は久しぶりなんだ。アイラの笑顔を曇らせないでくれ、頼むよ」

「お願い、ジュン。お願い――」

アイラがすがりつくように両手を伸ばしてきた。自分へと伸びてくるその細い手を握り返すことが出来なくて、潤は唇を噛みしめる。

あぁ、やっぱりあの時にちゃんと言えばよかった。おれは一番残酷なことをしてしまった。

どっと重さが増した胸を押さえるように、スーツの合わせ部分をぎゅっと握る。その手を、横から伸びてきた手が覆った。驚いて力を抜いた瞬間にするりと指を絡めて引っ張られ、上質なスラックスの腿へと導かれる。顔を上げると、泰生の毅然とした横顔があった。

「そうやって『Please』ばっか言うのは卑怯だぜ、レディ・パートリッジ」

泰生のセリフに反応したのはジョセフだった。妻を侮辱されたと顔を赤くするジョセフだが、言葉を発する前に泰生が口を開く。

「あんたが、潤を愛おしく思っていることはわかる。が、だからってあんたの立場でそうやって情で訴えるのはとんだルール違反だ。あんたは潤のことがまだまったくわかってないんだよ。ここに来てまた潤を苦しませるつもりか？　あんたは結局はおとといのティーサロンでのパートリッジ卿と同じことをしているんだぜ」

アイラがはっと息をのんだ。みるみるうちに顔を青ざめさせるアイラに、父がフォローするように言葉を継いだ。

「潤は人の気持ちを思いやる優しい息子なんだ。君の愛情が強ければ強いだけ、潤は自分の気持ちを押し殺したはずだ。君の思いを尊重して自分を後回しにする」

「ま、優しく言えばそういうことだな」

泰生はひょいっと肩を竦める。

「親子としての関係をスタートさせたばっかで、自分の愛情を押しつけすぎて潤に負担をかけてるようじゃ、この先上手くいかないぜ。だから、潤とあんたはもっと交流が必要だって意見には賛成だ。あんたもそうみたいだが、潤もあまりしゃべりが上手くない。おとといの夜に少し話したらしいが、二十年も別々に生きてきたんだから、たった数時間話したくらいじゃ全然足りないに決まってる。でもって、潤のことがわかっていない段階で愛おしいからって一方的に突っ走られちゃ困るんだよ。まぁ、ひとつ言っておくと――潤の本質は臆病な子猫だから、あまり極端なことを言ったりしたりしないでくれると助かる」

その言葉に、潤を挟んで反対隣に座った父が「一番極端なことをしているのはいつもきさまだろう」と日本語で呟くのを聞いて、潤はこんな時なのに思わず噴き出しそうになった。泰生に聞こえていたら「おれはいいんだよ」とでも言うだろうか。

今こうして普通に笑みが浮かんでくる気持ちの余裕を作ってくれた泰生と父に、潤は心から感謝する。泰生の腿の上にある手をぎゅっと握り返して、潤は顔を上げた。

「おとといの夜のことは、本当にごめんなさい。おれがはっきり返事を出来なかったのが一番悪いんです。変な期待を持たせてしまったことを心から謝ります」

反省してうちひしがれる母に、潤は頭を下げる。

「留学のことを今は考えられないという思いは変わりません。でも、あなたと理解を深めたいと前以上に強く思い始めています。だから手紙も書きたいしメールでも連絡を取り合いたいです。夏休みなどを利用してイギリスにも来るので、その時は会ってくれませんか」

潤の言葉に、首を振るように髪を左右に揺らして激情をのみ下すしぐさを見せたアイラが頭を上げたときには、瞳は潤んでいたが、その顔には晴れやかな微笑みが浮かんでいた。

「本当に……本当に優しい子なのね、ジュンは。タダシとタイセイの言う通りだわ。私の方こそジュンの気持ちをわかってあげられなくてごめんなさい。メールは実はあまり得意じゃないから、手紙の方が私は嬉しいわ。それに、私だってジュンがいる日本へ会いに行けばいいんですものね。もちろん、ジュンがイギリスへ来てくれるのはとても嬉しいわ」

優しいのはアイラの方だ。それとも、アイラが母親だからこんなに優しいのだろうか。

潤の方こそわき上がってくる感動に目を瞬かせながら、心に強く訴える感情を口にした。

「二十年前、おれを生んでくれて、本当にありがとうございます。お母さん――――」

その瞬間、今度こそアイラの目から涙がぽろぽろとこぼれ落ちるのを見た。潤は慌てたが、アイラの隣でユアンとジョセフもおろおろしていた。

「おまえの天然ぶりは本当に怖ぇよ」

泰生の感心するような呟きに、父まで小さく頷いている。

ジョセフとユアンによって、アイラも気持ちを落ち着かせたようだ。泣きはらした顔の母と笑みを交わし合ったとき、コース最後のデザートが運ばれてきた。

「焼いたパイナップル！」

先ほど話題にしていたローストパイナップルがようやく出てきた。甘い蜜が凝縮したパイナップルの絶品デザートに、誰もが笑顔になって場もひときわ盛り上がった。


「明かりを消して、何見てんだ。風邪引くぞ」

ふわりと背後から温かい体温に抱きしめられて、潤はあっと顔を上げる。

「ロンドン・アイの青い光がきれいだったから、つい見とれてしまって」

「バスローブのままでか？　ほら、もうこんなに冷たくなってるじゃねぇか」

潤の手首を握った泰生の手は、風呂上がりということもあってか熱いほどだ。反面、自分がすっかり冷えていることに気付かされた。泰生よりひと足早く風呂に入って先ほどまでほかほかだったのに、思いのほか長い間夜景を眺めていたらしい。

「ロンドンにあれが出来たときはいろいろ言われたらしいな」

泰生が話すのは、古い街並みに不似合いの近未来的な建築物、ロンドン・アイのことだ。見た目は観覧車だがひとつのゴンドラには二十人以上が同時に乗れるらしく、高い建物が少ないロンドンの街を一望出来るとあって、新たな観光スポットとなっているらしい。

「近くで見たら、本当に大きかったですよねぇ」

泰生とロンドンデートをした最後に車窓から眺めたときのことを思い出す。いや、あの時はすぐ近くのビッグベンの鐘が鳴り出したことの方が印象的だったか。日本では聞き慣れない鐘の音に最初びっくりしたが、心にしみるような優しくて深い音色に聞きほれた。

思えば、特に観光らしい観光はしなかったのに、何だかんだとロンドンの街を堪能してたんだな……。

体に回された泰生の腕に、潤はそっともたれかかる。

潤たちはつい先ほどパートリッジ家との食事会から帰ってきたばかり。同じホテルに泊まっている父とロビーで別れて、潤は泰生と一緒にホテルの部屋まで戻ってきた。

泰生とロンドンの夜景を眺めながら、潤は今日のことを感慨深く思い出す。

会食の席は最後まで和やかに進んだ。途中、留学の件を話し合ったときだけ場が緊張したけれど、それもアイラとの仲を深めるいいきっかけになった気がする。

実は、明日も皆で会って食事をすることが決まっていた。というのも、明日で二十歳を迎える潤を祝ってくれることになったのだ。家族で誕生日パーティーをするなんて、泰生と一緒に誕生日を祝う以上に何だか気恥ずかしい。

初めてだからかな……。

「何してんだ、潤」

「あ、すみません。手が温かかったからつい……」

無意識に泰生の手を取って冷えた頬に当てていたようだ。

「だから言っただろ。風呂上がりにのんきに夜景なんか見てるから。ったく、ここも冷たい」

今度は泰生が能動的に手を当ててきた。喉元に右から左からと手の平と手の甲を交互に当ててくれる。うなじを猫の子のように摑まれて、潤は首を竦めた。

「ふふ……くすぐったいです」

バスローブの上を滑って手首へ移動した泰生の手は、今度はバスローブの内側へ潜ってくる。冷えた前腕を、ぬくもりを伝えるように辿《たど》ってくる大きな手は、肘をすっぽり包んだあと、また手首へと戻ってきた。

「ぁ、あっ」

「耳まで冷てぇじゃねぇか」

潤が変な声を上げてしまったのは、耳を食まれたからだ。熱い唇で耳朶を挟まれ、自分との体温の違いに身震いした。

一瞬平衡感覚さえおかしくなって、目の前の窓に思わず手をつく。

「ん、ぁ……っ」

その俯いたうなじに濡れた舌が貼りついた。出っ張った丸い骨を丁寧に舐められたあと、薄い皮ふが吸われる甘い痛みに、足先からざっと肌があわ立っていく。

「寒いのか？」

わかっているのに、そんなことを聞く泰生が恨めしい。

「んじゃ、温めてやんねぇとな」

バスローブの合わせへと移動していく手を潤は慌てて摑む。が、それを咎めるように、泰生に耳朶に齧りつかれた。

「っ…、あ、だってここじゃ誰に見られるか」

今まで夜景を見ていたため、リビングスペースの大きな窓のカーテンは開けたまま。潤たちがいる部屋はホテルの上階で電気も消しているとはいえ、膝上から上部に広がる窓からは、どうしてもふたりの姿は見えるだろう。

「泰生、ベッド……へ、っ……んんっ」

ふらつくような足に力を込めて寝室へと歩き出そうとした潤を、泰生が後ろから抱き止めた。そのまま腕の中に閉じ込めて、喉元を甘く吸われる。

「ぁ、あっ……どうし…て？」

「んー、おれの気分？　せっかくロンドンに来てんだから、潤の言う通り夜景も満喫しねぇと」

「満喫なんて…っ……出来ませんっ」

「おれが満喫すんだよ。潤を抱っこしながらロンドンの夜景を楽しむなんて最高じゃねぇか」

「そんな……っ」

「何だよ。夜景を見ながらさらに冷えた潤の体を温めてやろうって、おれの優しい思いやりじゃねぇか。邪魔はしねぇから、おまえも存分に眺めてろ。つぅか、一緒に楽しもうぜ」

「そんなの優しさじゃ…ぁうっ」

バスローブの胸元から泰生の手が忍んできた。指先で小さな粒を捉えて揉み込まれる。手遊《てすさ》びのように軽い力だったのに、潤はあっという間に動けなくなった。ガクガクと震える足を踏ん張って、窓につく手でも体を支える。

「あぁ、見られるのが心配なら、ほら――これでいいだろ」

左右からカーテンを引き、潤が立っている幅だけをほんの少し閉め残した。外から見れば、カーテンの隙間から潤だけが景色を眺めているように見えるだろう。

これだったら、大丈夫かな。いや、泰生が背後から抱きしめているのも見えるんじゃ……。

「やぁ……っん」

すぐにダメと思い直したのに、すかさず泰生が愛撫を濃くする。こりこりと尖った乳首を弄られて、体が無意識にビクビクと跳ねた。震える手は熱を持ち、窓ガラスを薄く曇らせていく。

「少し温もってきたか？　でも、いつもの熱さにはまだ足りねぇよな。心配すんな、おれがじっくり丁寧に温めてやるから」

忍び笑いをもらして、泰生が乳首をゆるくひねる。きゅんっとそこから走った刺激に、耳の後ろに鳥肌が立った。それを宥めるように、泰生は舌を這わせてくる。

「んっ、ぁ……泰…生っ」

腕で器用にバスローブの合わせを大きく広げながら——トントンと乳首の上で軽くリズムを取られると、自分が楽器にでもなったみたいに高い声がもれた。

体も淫らに反応を始める。腰の奥にジンッとした痺れが走り、甘い疼《うず》きに足はふらつき、潤を力強く閉じ込める泰生の腕だけが頼りのような気がした。

ねっとりとうなじを舐める舌は、潤の感じる場所を探るように肌の上を蠢《うごめ》いていく。軟体動物のようにうねらせたり肌に吸いついたりする動きに、潤の腰は敏感に波打った。

揺れる腰が後ろに立つ泰生に当たるのが泣きたくなるほど恥ずかしい。

「ぁ……」

そんな潤に煽られたみたいに、泰生も潤の腰を自らへと強く引き寄せた。

バスローブ越しの臀部に当たる熱塊に、恋人も反応していることを知ってさらに恥ずかしくなる。条件反射のように、腰の奥が疼いたせいだ。

「っ、んーん…ぁ」

いつも泰生を受け入れる場所が――泰生が欲しいと、泰生が足りないと、泣いている気がした。それが強い官能として、潤に働きかけてくる。くらくらと眩暈《めまい》がして、目の前の窓に額を押しつけて堪え忍んだ。

しかし潤を苛む疼きに気付いた泰生は、さらに強く昂りを押しつけてくる。一緒に腰を揺らし、ときに体をぶつけ合うようにばらばらに動いて潤を翻弄した。

「ぃあ、ぁんっ……っ…ぁあぁっ」

「っ……いい声。ゾクゾクする。潤、他におれに温めて欲しい場所はないか？」

指先で乳首を引っ掻かれて大きく喘ぐと、唆《そそのか》すように泰生が耳元で囁いた。チュッと、リップ音を立てて耳朶に何度もキスをしてくれる。

「ほ…か？　あ、あっ……やうっ」

リップ音が、潤の頭をおかしくした。

温めて欲しい場所は、ある。いっぱいある。泰生にだったら、どこだって――。

潤はゴクリとつばを飲み込んだ。

「ぉら、言ってみ?」

「いあっ」

かぷりと首の頸動脈《けいどうみゃく》の辺りを噛みつかれて、鋭い刺激に一瞬だけ頭の中の淫靡《いんび》なもやが晴れた。が、すぐにそれ以上に濃い煙霧《えんむ》に取り巻かれて理性が薄れていく。

「じゅーん？　早く言わないと、もう温めてやんねぇからな」

「あ、あっ……キ…ス、キスっが欲しいっ」

またしても噛みつかれて、刹那取り戻した理性で何とか答えを紡ぎ出した。

「…くく。違うだろ、温めて欲しいとこだって言ったのに、なんで欲しいもんになってんだよ」

「だって…、ぁ…欲しい、キス、キスっ」

乳首を弄る泰生の手に自らの指を絡めて、力を入れて、泰生にねだる。欲しいものはいっぱいあったけれど、一度キスのことを思いついたらそれ以外のものを考えられなくなった。

「ッチ、おまえはっ」

すぐ——顎を取られて強い力で後ろへと向かされる。ピントが合う前に唇に噛みつかれた。

「んぅっ」

余裕のないキスだった。

歯牙を割って押し入ってきた泰生の舌は、性急に潤の口内を蹂躙《じゅうりん》していく。柔らかい舌や敏感な粘膜をなぞられ擦られたかと思うと、強引に舌を絡ませて引っ張られた。深すぎる口づけに潤が抗議もこめて喉を鳴らすと、泰生の指先は思い出したようにまた動き始める。

「んんっ……っ…ぅ」

違う。愛撫が止まったのを不満に思って唸ったわけじゃないのに！

そう言いたかったが、口をふさがれているためどうしようも出来ない。

「……ん、はっ、は…ぅっ」

しばらくして深いキスからは解放されたが、今度は唇にがぶがぶと嚙みつかれた。荒げる呼吸さえ奪うように、ときに大きな口で唇をふさがれる。

息が苦しくなって潤が首を振るうと、ようやく互いの唇の間にほんの少しの隙間が生まれた。

「っは……危ねぇ、一瞬理性が飛びかけた。あんなおねだりの仕方をどこで覚えたんだよ、このバカ潤が——…」

「ぁ、泰…せっ」

唇の上でしゃべられて、吐息が唇に触れるだけなのがもどかしい。甘い吐息に、新たなキスが欲しくなる。たった今、息が出来ないほどのキスをしたのに。

もっとちゃんとキスがしたくて、もっと深いキスを欲して、潤はさらに首を反らして顎を上げてみる。泰生が迎えるように顔を傾けてくれたため、ようやく求める唇を手に入れた。

「ん……」

首を後ろへひねったままという少々苦しい格好ながら、潤の方から泰生へキスをする。一度触れ合わせたあと離して、下唇を軽く吸い上げた。

すごく、気持ちいい……。

無意識に、潤は自らの唇を舐めていた。

濡れた唇でもう一度泰生の下の唇を甘嚙みして、今度は上唇へ——キスをするために、ほんの少し踵を上げると、泰生も首の角度を変えてくれる。届いた上唇へ唇をすり合わせて柔らかい感触を堪能していると、泰生の口から小さな笑いがこぼれ落ちてきた。

「焦れってぇ」

泰生の目が優しく細まり、けれど黒瞳は淫靡にきらめいていた。

「んっ」

潤のターンはこれで終わりだとばかりに泰生が派手に音を立ててキスをしたかと思うと、両手を使って潤のバスローブの合わせをさらに大きくはだけさせた。

「あうっ……ん、んんっ」

脇の下から手を入れられて、両方の乳首を愛撫された。円を描くように指の腹で捏《こ》ねられて、腰の奥にずんと熱の塊《かたまり》が落ちてきた。指先でつねられると、潤は悲鳴を上げて喉をのけぞらせる。耳朶に触れる泰生の唇は、ときに小さなキスを繰り返し、ときに飴玉のように舐めてしゃぶってくる。ゾワゾワと足先から這い上がる痺れに、目の前のガラスに縋ろうとするけれど、爪を立てても滑っていく頼りなさに泣きたくなった。

大胆にはだけてバスローブから曝《さら》け出た腹部を、へその上を、泰生の手が滑っていく。

「っは……」

「ここはすでに熱くなってるから温めなくていいんじゃねぇか。それとも、もっと温めるか?」

すでに勃ち上がって雫さえこぼしている潤の欲望を泰生に握られた。やわやわと揉みほぐすように動かされ、上下に擦られると腰が砕けた。

「っひ……っ、んぁっ」

おかしいほど足が震えて、かりかりと今度こそガラスに爪を立てる。

「つうか、潤。夜景なんか全然見てないだろ。もったいねぇな、何のためにここに立ってんだ?」

泰生に促されても、すぎる快楽のため潤の視界はまともにきかない。窓ガラスに額を押しつけたまま首を振ってそれを訴えるが、泰生はそんな潤にこそ舌舐りをする雰囲気だ。優しい手つきで潤の顎を捉えると、強引に上向かせる。かすむ目を、潤は何度も瞬いた。

「いい子だ。そんな頑張り屋の潤のために、ロンドン・アイはあんなきれいに青く光ってんのかもな?」

泰生は意地悪なのか、優しいのか、わからない。

テムズ川の向こう岸に見える大きな丸い観覧車は、潤の潤む視界にぼんやりとにじんで確かに美しかった。が、それを認識したとき、潤の欲望を強く擦られて悲鳴を上げる。

「ぁああっ」

「見ながらいけよ。ロンドンの思い出をもひとつ作ってやる」

「あ…ゃっ、ぃ…っやぁ――…」

先端からあふれる雫を周囲へ広げるように指で捏ね回されると、腿が勝手に痙攣し、背中が大きくしなった。その動きに、すぐ傍まで閉められていたカーテンが大きく翻《ひるがえ》る。窓に縋る腕に、踏ん張るふくらはぎに、緞帳《どんちょう》のようなカーテンが触れる刺激さえ今の潤には苦しくて、体を左右によじるようにまとわりつくカーテンを振り払った――が。

「おーい。そんな派手にカーテンをばさばさやってると、さすがに何やってんのか注目すんじゃねぇ？　潤は見る方じゃなくて見られる方が好きなのか」

「違う…ぃ…がぁうっ、そうじゃっ…あ、あっ」

潤の悦びを掘り起こす場所は下肢だけではなかった。きりきり張りつめている乳首を爪で抉られてしまい、突き抜けるような痺れに眩暈がした。潤の屹立を弄る手は執拗さを増し、快感の熱はどんどん体にたまっていく。

「も、だ…め、ぁっ…め……ぃやっ、待っ…てぇ」

すぎる熱のせいでふっと意識と体が浮かされるような感覚がして、潤は必死で首を振った。

「いけばいいじゃねぇか。何が嫌なんだよ?」

「ぁ、あっ、だって……窓、汚れ…る……うっ」

ラグジュアリーホテルにふさわしい瀟洒《しょうしゃ》な窓だ。白い格子の窓枠がはめられた窓を、このままだと自分が汚してしまう。

「そんなの簡単だ――――自分で、押さえとけ」

泰生が淫靡な声で耳打ちする言葉はひどく傲岸《ごうがん》なものだった。が、そんな泰生にこそ潤の胸はきゅんと鳴る。同時に泰生の指が欲望の根元から先端へとぐっと揉み上げていく。

「やっ、そんなに強くしたら、いっちゃ……ぅっ」

ガクガクと体が痙攣して、潤は限界を訴えた。震える手で泰生が弄る自らの欲望を包み込んだとき、潤んだ目に青い光がぼんやりと見えた。

「ひ、ぅんっ――――…」

が、すぐに白く灼ける視界に薄れていく。

体にためきれなかった熱が精として吐き出された瞬間、潤は声も出せなかった。硬直ののち、力が抜けてくずおれそうになった体を泰生がしっかり抱き止めてくれる。

「すげぇゾクゾクした。ベッドへ行くぞ」

力なくもたれかかる潤に泰生は興奮したような声を上げて小さなキスをひとつ。精で汚れた潤の手を脱がせたバスローブで乱暴に拭うと、泰生は潤の体を軽々と抱き上げた。

ダブルサイズのベッドへと下ろされて、肌に感じるシーツの冷たさが気持ちがいい。が、それを堪能する前に、泰生に膝を割り広げられた。

「や、泰生」

「何が嫌だよ、奥までとろとろじゃねぇか」

「あぁっ、ゆ…びっ……んやぁっ」

欲望の奥へと指を滑り込まされて、潤は首を竦める。泰生のことをずっと欲していた後孔は、準備が整うまで大して時間はかからなかった。まるで、自らほころんでいったみたいに。

「すげぇな、いつもよりえらく感じてる。さっきの立ったままいったの、興奮したんだろ？」

「ち…がっ、違ぁうっ、ぃや……そこは…あっ、あっ」

「っと、危ねぇ。いかせるとこだった」

人差し指と中指を揃えて出し入れしながら、ときに潤の快感をコントロールするみたいに前立腺を擦ったり動きをスローにしたり。その度に潤の体は大きく波打ち、恥ずかしいほど甘い声がしたたり落ちていく。

「……っは、たまんねぇ」

「んんっ…ぁ」

苦り切った声が聞こえて、秘所を埋めていた指を引き抜かれた。満たしてくれていた存在がなくなって強烈な疼きともの足りなさを感じてしまい、潤は重い瞼を上げた。

目が合ったとき、泰生の喉が大きく動くのを見た。

「おまえ、今どんな顔をしてるか自覚してるか？」

高揚したように潤の腿を強く摑んだ泰生は、さらに大きく開く。と、バスローブを未だ着たままの泰生が腰を進ませてきた。窄まりにひたりと当てられた熱の塊に、潤は泰生を見つめてふるりと首を竦める。そんな潤に、泰生は唇が乾くみたいに赤い舌を滑らせた。

「今度は、おれが中から温めてやる――」

「あ、ぁ……っん――…ん」

熱く猛った雄芯は、泰生もずっと興奮していたのだと潤に知らしめす。

十分に蕩《とろ》けた秘所だったのに、押し入ってくる欲望はさらにその上をいっていた。自らの深部を押し開く逞しい存在に、潤は息をつめないようにするので精一杯だ。

「っは…っ……ん、はぁ」

「っ……、あー、すげぇ蕩ける」

泰生が呻くように呟いたのは、屹立の張った先端が潤の最奥に届いたときだった。自らの大きさに潤の秘所がなじむまで動かずにいてくれる泰生だが、欲望がドクンドクンと力強く脈打つ振動にこそ、潤の意識は蝕《むしば》まれていくようだ。

泰生の熱が欲しくて、確かな存在が欲しくて、ただそれだけを求める動物になってしまいそうだ。理性がなくなるような感覚は心底恐ろしい。けれど、泰生も一緒なら——。

「っ……た、泰生っ」

「ん?」

したたるように甘い声に、自分の奥がきゅうっと蠢いた感じがする。

「っぅう……おまえ、何締めてんだ」

「ぁ、あっ……だって、だ…ぁって、ぅ、動いてぇ……っんん」

潤が泣き声交じりでねだったときには、泰生の律動は始まっていた。

「あークソっ、んな声で、んな殺し文句を吐くな。エロ潤がっ」

舌打ちしながら突き上げる動きは激しいものだった。腿を抱えられ、怒張を出し入れされる。

「ぃやっ、そ…んっ……な、んっ、ゃあぁっ」

太い切っ先を内部で回すように動かされて、潤は嬌声を上げる。

最奥まで届いたと思ったのに、泰生はさらに潤の奥を穿っていく。かと思えば浅い場所で動かされて、感じる場所をきつく抉られた。

体にはあふれるほど熱がたまっているのに、突き入れられるのはさらに熱い塊だ。猛々しい凶器で激しく擦られてかき回されて、まるで体が発火しそうだった。懸命に熱を放出しようと喘ぐけれど、とうてい追いつかない。

「ぁつ…熱ぃ、あ…んぁっ…灼け……っる」

頭上のシーツに取りすがって、無意識に熱から逃げようとした。が、腿を掴む泰生の手は易々と潤の腰を引き戻す。ばかりか、お仕置きというようにごりごりと欲望で柔らかい粘膜を抉られて、潤は悩ましく腰を揺らした。

「く……んっ、あ…あぁっ、た…泰生っ、だ……ぁめっ」

「こぉらっ。んだよ、その腰使いはっ」

泰生が低く呻いて、律動に重さを加味した。

そんな泰生に、自らの肉壁が浅ましくも蠢き始める。蠕動《ぜんどう》し、柔らかく絡みついて、泰生を置きとどめてさらに奥へ、もっと奥へと取り込むように。

「っは、すげ…ぇ……」

「ん、あぁぁ――っ」

なのに、泰生はそんな潤に逆らって自らを引きずり出すのだ。そして力尽くでねじ込んでくる熱の楔は潤の窄まりをさらに押し開いていった。

「ひ…ぅ、ん、んっ、あぁっ」

さらには深く差し込んだまま柔らかい粘膜を抉るように腰を回されたかと思うと、体が浮き上がるほど突き上げられる。律動はどんどん速く、激しくなっていった。

質量を増した熱塊に甘く苦しめられ、潤は爪が白くなるほどシーツを摑み、体をのたうたせた。快楽という名の熱に全身を犯されて、泣きじゃくってしまう。

「だめ…んっ……もっ、もう…やぁっ」

「あークッソ……締めるなって」

泰生が悪態をついたことにも潤は気付かなかった。理性を手放して快楽の虜《とりこ》と成り果てた潤は、泰生にしがみつき、ただただ解放のときを待つ。

「ゃあぁ、いっ…や……ぁうっ」

上体を起こした泰生が潤の足を抱えるように乗り上げてきた。泰生の腰が深く沈み、潤のさらに深部へ。触れてはいけない箇所に触れられた感じがして、潤は悲鳴を上げた。

「おら、いけよ」

「ぁ、あっ、泰せ…泰生…っも、一緒……っ」

最後の最後、潤の口からついて出たのは無意識の願いだった。理性の外、心そのものが欲してやまない願いがこぼれ落ちていく。

「あぁ、いつも一緒だ」

「ひ、ぅっ――…っ」

その瞬間、泰生の言葉に体の深いところを貫かれて潤は絶頂を迎えていた。泰生の熱が弾けるのを体の奥で感じて、潤はうっとり目をつぶった。


バスルームで体を清めるという名の甘い時間をすごしてソファに座らされたとき、カーテンの隙間からロンドンの夜景が見えた。先ほどの嬌態を思い出して恥ずかしくなるが、冷えたミネラルウォーターを飲んで気持ちを落ち着ける。

何だかすごく疲れてるけど、このまま眠るのはもったいない感じ……。

冷えたペットボトルを首筋に当てながら、潤は目を閉じる。

イギリスに来てからいろんなことがあって気持ちのアップダウンが激しかったけれど、すべてが終わって今こんなにも満ち足りた思いを感じるのだから不思議だ。

こういうのが終りよければすべてよしって言うのかな。

「どうした、潤？　にやにやして」

お気に入りのミネラルウォーターがなかったらしく、コンシアージュデスクへ連絡して届けてもらったペットボトルを手に、泰生がリビングスペースへと戻ってきた。

「今日のことを思い出していたんです」

「あぁ、さっき夜景を見ながら立ったままやったヤツか」

「違いますっ！　そうじゃなくて、夕食の席のことですよ」

思わずむきになって言うと、隣に座った泰生から喉で笑われる。

「わかってるって。そうだな、潤は確かにすごくご機嫌だった。楽しかったか？」

「はい。でもおれだけが楽しんだんじゃなくて、皆も楽しそうに笑ってて、泰生もいてくれて、食事も美味しくて――」

今日のディナーのことを思い出すと、潤は胸がいっぱいになる。

ほんの二年前には想像も出来なかった光景だ。

泰生と出会う前、橋本家の大きな屋敷で感情に麻痺した心ですごしていた日々のことは、実はあまり記憶になかった。学校へ行って勉強して屋敷に帰ってまた勉強する――毎日がまったく同じ日々の繰り返しだったからだろう。

そんな中で迎えた十八歳の誕生日も当然覚えていなかった。あれから二年、たった二年でここまで劇的に環境が変わったのは、何もかも泰生と出会ったからだ。

潤は明日二十歳の誕生日を迎える、泰生と一緒に。

「幸せだなぁって、思っていたんです」
潤がしみじみとこぼした呟きに、泰生の黒瞳も柔らかく瞬いた。

Fin.

あとがき

こんにちは。初めまして。青野ちなつです。

恋愛革命シリーズも九巻目になりました（スピンオフも入れると十巻目です）。

今回は、前巻『熱愛の恋愛革命』に関係するエピソードが多く出てきます。この巻だけでもある程度わかるようにしていますが、前の巻を読んでいただくともっと楽しめると思いますので、ぜひ前巻から手に入れていただければ嬉しいです！

潤と泰生は、今回イギリス・ロンドンへ飛びました。イギリスは、中高生の頃に行きたいと夢中になった時期がありまして、いろいろ勉強したことを懐かしく思い出しました。今回のお話にはあまり生かせなかったのですが、いわゆる中二病というのはそんなものですよね（笑）。

ただ、さいわいにも潤たちの話は今度も書いていいと許可は出ていますので、生かせる機会は近々きっとあるはず……黒歴史を掘り返すようで多少恥ずかしくはありますが。

お忙しいなか、イラストを引き受けてくださった香坂あきほ先生には本当に感謝します。香坂先生の多忙を伺って、行けるものならお手伝いに駆けつけたいと願ってやみませんでした。こそっと呟いた瞬間、即答で却下の断を下した担当女史にも厚く御礼を申し上げます。

また次の本でもお会い出来ることを心より祈っております。

つわぶきの咲く頃　　青野ちなつ

初出一覧

愛玩の恋愛革命　/書き下ろし

B•PRINCE
http://b-prince.com

B-PRINCE文庫をお買い上げいただきありがとうございます。
先生へのファンレターはこちらにお送りください。

〒162-0825
東京都新宿区神楽坂6-46　ローベル神楽坂ビル5階
リブレ出版(株)内　編集部

愛《あい》玩《がん》の恋《れん》愛《あい》革《かく》命《めい》

発行　2014年12月6日　初版発行

著者｜青野ちなつ

発行者｜塚田正晃

出版企画・編集｜リブレ出版株式会社

プロデュース｜アスキー・メディアワークス
〒102-8584　東京都千代田区富士見1-8-19
☎03-5216-8377（編集）
☎03-3238-1854（営業）

発行｜株式会社KADOKAWA
〒102-8177　東京都千代田区富士見2-13-3

印刷・製本｜旭印刷株式会社

小社ホームページ　http://www.kadokawa.co.jp/

Printed in Japan
ISBN978-4-04-869016-4 C0193